Tabou

DU MÊME AUTEUR AUX ÉDITIONS MIJADE

Ado blues
Intrusions, avec André-Paul Duchâteau
Journal de Jamila
L'Amour à boire
La Douce Odeur des pommes
La Forêt plénitude
La Remplaçante
Le Coupable rêvé, avec André-Paul Duchâteau
Manipulations, avec André-Paul Duchâteau
Monsieur Bonheur
Rue Josaphat
Vidéo poisse

CHEZ D'AUTRES ÉDITEURS

Depuis ta mort, Grasset, 2004
Mon pire ami, Grasset, 2006
Gaume, Bernard Gilson éditeur, 2007
Voleur de vies, Grasset, 2008.

Frank Andriat

Tabou

Roman

Mars 2008

© Éditions Mijade
Rue de l'Ouvrage, 18
B-5000 Namur

Couverture : Guy Servais.
Première édition : Labor, 2003.

La publication de ce livre a été encouragée
par la Communauté française de Belgique.

D/2008/3712/28
ISBN 978-2-874230-08-0

Imprimé en Belgique

*Pour Patrice
qui m'a guidé dans l'univers
de ce roman*

Il me tarde de vous dire les mots les plus profonds. Je n'ose pas ; je crains votre rire.

C'est pourquoi je me moque de moi-même et fais éclater mon secret en plaisanteries.

Je fais fi de ma peine, de peur que vous n'en fassiez fi vous-même.

RABINDRANATH TAGORE,
Le Jardinier d'amour

Réginald

1

Tout à coup, il y a un blanc. Un vide terrible. Comme lorsqu'explose une bombe et qu'elle détruit, en quelques secondes, une partie de notre monde.

Loïc est mort.

Le week-end passé, nous avons fêté son seizième anniversaire. Il semblait aller bien. Il a ri, il a bu un peu trop, il n'a parlé à personne de son désir d'en finir.

Loïc s'est suicidé.

Une corde, une poutre dans sa chambre. Sa mère l'a trouvé pendu au-dessus de son lit en revenant des courses.

Nous nous regardons sans comprendre. Ce n'est évidemment pas possible, c'est intolérable. La voix tremblante, Catherine murmure :

– Putain, c'est trop moche !

Les mots sont faibles pour exprimer le froid qui nous a tous saisis depuis qu'Elsa nous a annoncé la nouvelle. Elle est arrivée dans la cour comme d'habitude, mais, à la mine qu'elle tirait, j'ai remarqué que ça n'allait pas. À ses yeux rouges et bouffis, j'ai vu qu'elle avait pleuré. Elle ne nous a pas laissé le temps de lui demander quoi que ce soit ; elle nous a rejoints et elle a lancé :

– Loïc est mort. Il s'est pendu hier soir.

Elsa habite en face de chez lui. Elle a assisté en direct au désespoir des parents, aux cris de la mère de Loïc, au silence terrassé de son père. Elle assiste maintenant à notre effondrement. C'est trop moche. Catherine a raison. C'est trop moche. Pourquoi Loïc a-t-il fait ça ? Pourquoi n'a-t-il rien dit à personne ?

Soudain, Philippe se met à pleurer. Il cache son visage entre ses mains et il s'écarte de notre groupe. Philippe, c'est un de mes meilleurs amis. Depuis toujours. Nous sommes nés à trois semaines d'intervalle, nous avons fréquenté la même crèche et, ensuite, les mêmes écoles. Malgré mon amitié pour Raphaël, pour Rachid et pour d'autres garçons de la classe, Philippe occupe une place particulière : il est celui que je connais depuis le plus longtemps et il habite dans le même quartier que moi. Nous échangeons souvent nos peines et nos enthousiasmes ; si nous avons quelques secrets l'un pour l'autre, ils ne doivent pas être nombreux.

La sonnerie qui annonce le début des cours retentit. Nous avons anglais à la première heure. Loïc était très bon en anglais. *Était*. Jamais autant qu'à cette seconde, je n'ai éprouvé la force horrible de l'imparfait. Et la terrible justesse de ce mot : Loïc est mort et plus rien n'est parfait dans le monde.

Le prof arrive, nous adresse un signe de la main. Il sourit, il a l'air joyeux. De loin, je vois qu'il blague avec l'éducatrice. Il ne sait rien évidemment. Les profs ne savent jamais ce qu'il faudrait savoir.

Je suis injuste. La tristesse et la rage consument mon cœur. Comment pourrait-il déjà être au courant du suicide de Loïc ? Ses parents n'ont sans doute pas encore eu le temps ou le courage de prévenir l'école. Comment annoncer par téléphone que son enfant s'est pendu ? Comment le dire sans éprouver la sensation de se pendre soi-même ?

Le prof se doute de quelque chose. D'habitude, nous le rejoignons dès qu'il nous fait signe.

Personne n'a bougé. À quelques mètres de nous, Philippe sanglote bruyamment et je m'en veux de ne pas être capable d'aller vers lui, de le consoler. Comme mes copains, je suis cloué au sol. J'ai l'impression d'être un peu mort.

« Tu viens, tu vis et toc, tu meurs » Le vers est de François Van Hecke, un poète dont j'ai découvert quelques livres dans la bibliothèque de mes parents. « Tu viens, tu vis et toc, tu meurs » J'ai lu ce vers, il y a deux ans et je n'ai jamais pu l'oublier. Aujourd'hui, il prend une résonance atroce. « … et toc, tu meurs » C'est ainsi qu'a disparu Loïc qui, hier, discutait encore avec nous dans la cour de l'école.

Le prof fronce les sourcils ; a-t-il remarqué Philippe en sanglots, a-t-il vu que nous ne sommes pas dans notre état normal ? Il descend les marches, s'approche.

– Eh bien, jeunes gens, qu'est-ce qui ne va pas ce matin ?

Il s'interrompt, tourne les yeux vers Philippe, les pose à nouveau sur notre groupe. L'interrogation se lit sur son visage. Il va parler quand Elsa dit :

– Loïc est mort, M'sieur. Loïc est mort.

2

Je me souviens de l'enterrement de mon grand-père. Nous n'étions pas très nombreux. Nous avons suivi son cercueil en silence dans les allées sinistres du cimetière. J'avais douze ans. Je me disais qu'il n'était pas possible que Bon-Papa soit dans cette longue boîte et que je ne le revoie jamais plus. Maman pleurait, mon père la tenait par la taille. À l'aide de cordes, des hommes ont fait descendre le cercueil dans un trou et ils nous ont ensuite invités à jeter des roses blanches dessus. C'était le premier enterrement auquel j'assistais ; je l'ai trouvé abominablement triste, plus triste que tout ce que j'avais pu imaginer.

Cette fois, nous sommes nombreux au cimetière. L'école a loué un car, comme lorsqu'on va en excursion. Le directeur et de nombreux profs sont présents. Notre groupe déborde dans les allées trop calmes, notre groupe sans voix suit au pas la boîte où gît Loïc.

Ses parents pleurent ; ils avancent en titubant. Derrière eux, il y a Clémence, sa petite sœur de douze ans. Ensuite, des gens que je ne connais pas. La famille, sans doute. Et puis, il y a nous, qui représentons l'école, dans le silence le plus complet.

Une pie passe en jacassant au-dessus de nos têtes courbées. L'idiote, je l'étranglerais bien. Ma pensée revient à Loïc et me fait frissonner. J'imagine son cou brisé par le poids de son corps retenu à la poutre fatale.

C'est trop.

Deux grosses larmes coulent le long de mes joues. Loïc est un salaud; pourquoi a-t-il fait ça? Pourquoi n'a-t-il parlé à personne de son envie de mourir? N'étions-nous pas ses co-pains? Il paraît qu'il a laissé une lettre. C'est Elsa qui l'a appris– ses parents sont proches de ceux de Loïc. Les parents de Loïc ont dit qu'ils avaient trouvé une horrible lettre sur son bureau, une lettre que personne ne lirait jamais. «Si tu savais, a murmuré la mère de Loïc à celle d'Elsa, si tu savais, je n'ai pas la force de t'en dire plus…»

Elsa était dans la cuisine et a tout entendu. Pourquoi n'avons-nous pas le droit de savoir? Pourquoi ses parents dissimulent-ils les derniers mots que leur enfant a désiré partager avec le monde des vivants? Ça me semble injuste et irrespectueux de sa mémoire. Peut-être appren-drons-nous quelque chose plus tard? Quand les parents de Loïc pourront penser à lui avec moins de détresse.

Le cortège est arrivé au terme du voyage; un long trou sombre dans la terre à côté duquel sont posées les pelles des ouvriers. Je pense à l'enterrement de mon grand-père. Ici devrons-nous aussi jeter des fleurs sur le cercueil ? La mère pleure de plus belle, le père est secoué par de petits sanglots silencieux. Le vent souffle dans les branches hautes et nous avons de la chance qu'il ne pleuve pas. En novembre, c'est si fréquent. Loïc n'aurait-il pas pu choisir un mois plus sympathique pour mourir ? Un inconnu prononce quelques phrases d'une voix terne, des mots qui parlent de Loïc, mais qui ne veulent rien dire, des paroles qui n'apprennent rien sur ce qui l'a poussé à poser un geste aussi nul.

Les parents de Loïc sont laïques. Pas d'église, pas de messe, pas de prêtre. On est tous là, dans le cimetière, autour du cercueil placé sur des tréteaux. On écoute les mots vides. Les mots sans Loïc. J'ai envie de partir. Elsa est à ma droite, elle frissonne. À ma gauche, Philippe est figé, les yeux pleins de chagrin. Je ne l'ai jamais vu aussi pâle.

L'homme inutile se tait enfin. On défile devant la boîte en chêne foncé, l'ultime de-meure de Loïc. Cette fois, pas de roses blanches. Chacun passe en silence devant le cercueil. Quand vient mon tour, je pense bêtement « Salut, Loïc ! Je t'aimais bien ! », rien d'autre. Je m'en veux, je cherche un autre mot, mais Elsa est derrière moi et me pousse ; il faut que j'avance, c'est cruel.

3

Sans Loïc, la classe semble vide. Nous re-
marquons plus son absence que nous ne prê-
tions attention à sa présence. Si, au moins, nous
pouvions apprendre quelque chose de la mort,
voilà ce que nous devrions tenter de retenir :
nos amis, il faut les chérir de leur vivant ; après,
c'est trop tard. Mille et une idées du genre me
passent par la tête ; la mort de Loïc a éveillé
en moi des dizaines de questions sans réponse.
Parmi celles-ci, une revient sans cesse : qu'a
donc dévoilé Loïc dans cette lettre qu'il a laissée
sur son bureau et pourquoi ses parents n'en
ont-ils rien dit ?

Aujourd'hui, ça fait huit jours qu'Elsa nous
a annoncé l'horrible nouvelle. Je n'imagine
pas aller sonner chez les parents de Loïc et
leur demander ce que leur fils a écrit avant de
se pendre. Peut-être cela ne nous concerne-t-il
pas, nous qui partagions pourtant son quotidien
Peut-être s'agit-il d'un secret entre ses parents
et lui. À Clémence, sa petite sœur, je n'ose rien
demander non plus. Je la croise parfois dans
les couloirs de l'école mais, depuis que son

frère est mort, elle semble si malheureuse que je crains de lui parler.

Celui qui m'étonne le plus, c'est Philippe. On dirait que le suicide de Loïc l'a changé. Complètement. Philippe que je connais depuis toujours me paraît soudain distant. Lui, pour qui je n'ai presque aucun secret, semble maintenant vouloir me dissimuler quelque chose. Hier, à la récré, je lui ai demandé comment ça allait et il m'a répondu :

– Bof, tu trouves que la vie est belle, toi ?

J'ai voulu en savoir plus mais, comme si je n'existais pas, Philippe s'est éloigné en haussant les épaules. Ça m'a complètement scié ; jamais encore il n'avait agi de cette façon avec moi. M'en veut-il de n'avoir pas été plus proche de lui quand nous avons appris la mort de Loïc ? Celle-ci l'a-t-elle traumatisé à un tel point ? Ce que je dis est peut-être horrible, mais, même si Loïc s'est pendu, la vie continue et il faut pouvoir en profiter. Si je ne me suis pas montré à la hauteur, Philippe pourrait quand même me pardonner !

Nous sommes au cours de français et je m'ennuie sec. Le prof parle de littérature de manière tout à fait désincarnée. Pourtant, les livres, j'aime ça, mais, là, franchement, ils se transforment en titres, en dates et en analyse de mouvements littéraires. C'est toujours mieux qu'avec la fameuse madame Grivet[1] que j'ai

_____

1. Voir le roman *La Remplaçante*, du même auteur dans la même collection.

subie pendant deux mois il y a deux ans, mais ça manque de punch, de caractère. Pour qu'un cours m'intéresse, il faut qu'il soit vraiment original et personnel. Comme celui de monsieur Bonheur[2] qui, l'an dernier, a réussi à nous transmettre son amour pour la littérature. Rien à voir avec le grand nerveux que nous subissons aujourd'hui ! J'observe mes copains de classe : Elsa-la-Splendide regarde par la fenêtre, Aude et Mélissa s'échangent des secrets à voix basse, Catherine griffonne sur le coin de son classeur. Philippe a les yeux perdus dans le vide ; il s'est installé tout seul sur un banc du fond et semble vivre à des années-lumière de ce qui se déroule ici. Dans la rangée de droite, près de la fenêtre, la place qu'occupait Loïc est vide ; depuis le jour de sa mort, personne n'a eu le courage de s'y asseoir.

Je décroche à mon tour ; la voix du prof m'atteint de loin. Je conserve juste assez d'attention pour pouvoir lui répondre… J'observe à nouveau Elsa. J'aimerais passer la main dans ses longs cheveux blonds, j'aimerais glisser mes lèvres dans son cou, j'aimerais coller mon corps contre le sien, sentir la douceur de ses seins, m'arrêter sur la ronde mélodie de ses fesses. Ça fait des semaines que j'éprouve pour elle une terrible attirance, ça fait des semaines que j'hésite à le lui avouer. Il suffirait qu'elle me remballe pour que je déprime. Pour le moment, même si ce

2. Voir le roman *Monsieur Bonheur*, du même auteur dans la même collection.

n'est pas courageux, je préfère tranquillement alimenter mes fantasmes et m'inventer avec Elsa-la-Splendide une belle histoire d'amour qui fait rêver. Mais je dois avouer que les caresses que j'imagine dans ma tête n'ont pas autant de saveur que celles que je pourrais lui faire avec mes mains. Hum, Elsa, quand oserai-je te déclarer ma flamme ? Ça fait deux ans qu'elle et moi, nous sommes amis ; nous ne sommes pas encore sortis ensemble, mais je me dis que cette année sera peut-être la bonne.

Le cours s'achève. Je me dépêche de quitter l'école pour changer d'air. Sur le trottoir, je croise Clémence, la petite sœur de Loïc. Je lui fais la bise, comme avant, quand Loïc était vivant. Elle n'a pas l'air d'aller bien. Au moment où je vais m'éloigner, elle me retient par le bras.

– Réginald, murmure-t-elle, il faut que je te parle. Tu veux bien ?

4

Voilà. Clémence achève de me dire ce qui figure dans la fameuse lettre laissée par Loïc. Je préférerais ne rien savoir, je voudrais pouvoir revenir en arrière, effacer tout, la conversation que nous venons d'avoir et ce que Clémence m'a révélé. C'est impossible. Je me sens nul, complètement idiot ; mon cerveau ne peut pas assimiler ce qu'il vient d'apprendre.

Loïc s'est suicidé parce qu'il était homosexuel et qu'il ne pouvait pas vivre avec ça. Loïc, homo ! Clémence ne s'en doutait pas plus que moi. Hier, elle a surpris une conversation entre ses parents. La mère déclarait au père qu'elle ne pouvait pas garder ce lourd secret ; il répondait qu'il ne voulait absolument pas qu'elle dévoile quoi que ce soit à personne, ni à leur famille ni à leurs proches et surtout pas à Clémence. Le suicide de leur fils ne suffisait-il pas ? Fallait-il encore ajouter la honte d'une révélation pareille ? Que penserait-on d'eux ? Avaient-ils complètement raté l'éducation de leur fils pour qu'il tourne aussi mal ? Clémence m'a dit que son père était vraiment en colère.

Finalement, sa mère s'est mise à pleurer. Clémence est retournée dans sa chambre sur la pointe des pieds. Elle m'a avoué ne pas avoir dormi de la nuit. Son frère homo ! Elle ne savait pas quoi faire avec ce qu'elle venait d'apprendre. Pendant toute la journée, elle n'a pu penser à rien d'autre. Puis, elle m'a vu, je lui ai gentiment dit bonjour et c'est à moi qu'elle a décidé de tout révéler. J'ai vraiment l'art de me fourrer dans des situations pas possibles !

Si Clémence m'avait appris que Loïc s'est tué parce qu'il était amoureux et que sa belle l'avait largué, que Loïc s'est tué parce que la vie lui paraissait tellement absurde qu'elle ne valait pas la peine d'être vécue, que Loïc s'est tué parce qu'il en avait marre de l'école,…eh bien, ça m'aurait moins submergé que ce qu'elle vient de m'apprendre : Loïc s'est tué parce qu'il était une tapette ! Se suicider pour ça, c'est ridicule. Si tous les gens pas très normaux de la planète devaient se flinguer, il ne resterait plus beaucoup de monde sur Terre. Parce que, pour moi, c'est clair : être homo, c'est avoir un problème.

– Eh bien merde alors !

Je ne trouve rien de plus intelligent et de plus fin à répondre à Clémence. L'homosexualité est un sujet auquel je n'ai jamais vraiment réfléchi. Pour tout avouer, c'est le genre de thème qui me donne des boutons ! Jusqu'à aujourd'hui, je n'ai même jamais songé qu'un homo pouvait être malheureux de l'être. Encore moins qu'il pouvait se pendre à cause de ça. Clémence me regarde, attend visiblement une réponse de ma part. Je ne me suis jamais senti aussi embarrassé ; Loïc était un bon copain, un ami même. Et Clémence, sa petite sœur, je l'aime bien. Mais que veut-elle que je trouve à dire après une révélation pareille ! Je prends la tangente et je lui demande :

– Ça t'a fait quoi d'apprendre ça ?

– Pareil qu'à toi, me répond-elle. Je suis sciée. Je ne me suis doutée de rien. Je crois que Loïc n'a jamais fait part de ses tendances à personne. Pourtant, s'il a écrit cette lettre, c'est qu'il voulait que ça se sache.

– À quoi ça sert maintenant qu'il est mort ?

Cette fois, Loïc n'est vraiment plus là. Je me rends compte que ma question le place définitivement dans un autre univers que le nôtre. Même le jour de son enterrement, je n'ai pas éprouvé sa mort avec une telle netteté. Clémence interrompt mes pensées.

– Alors, Réginald ? Qu'est-ce que je dois faire avec cette nouvelle, moi ? Tu crois que ce serait respecter Loïc d'apprendre aux autres ce qu'il a écrit ? Peut-être qu'il voulait que ça se sache. Autrement, il se serait tué sans expliquer pourquoi.

Soudain, Clémence éclate en sanglots.

– Je ne voulais pas qu'il meure, murmure-t-elle, je l'aimais tellement.

5

Ça fait vraiment bizarre d'apprendre qu'un copain n'est pas celui que vous croyiez qu'il était. Loïc homosexuel! Je rentre à la maison étonné et déçu. Un peu en colère aussi. Je ne sais pas si c'est contre moi ou contre lui. Pourquoi n'a-t-il rien dit? Peut-être que, s'il avait parlé, il n'aurait pas commis une telle connerie. Mais, en même temps, j'imagine notre réaction à tous si nous avions appris cela. Il se serait drôlement fait secouer, le Loïc! Toutes les réflexions et les blagues salées qu'on sort sur les tapettes ne devaient pas vraiment lui donner envie de nous dévoiler quoi que ce soit. Au fond, nous aurions peut-être pu l'aider à ne pas mourir.

Je m'en veux. Je suis déchiré: d'un côté, il y a un chouette copain qui s'est pendu et que personne n'a pu aider à cause du silence dont il s'entourait, de l'autre, il y a un homo, une espèce que j'encaisse mal, qui me dérange, qui me fait peur.

Clémence est retournée chez elle avec ses questions. J'arrive chez moi avec les miennes. Je me rends compte que je ne me suis jamais demandé pourquoi je ne supporte pas les homosexuels. Des phrases comme «Ces mecs sont des erreurs de la nature» me tournent dans la tête et, jusqu'à ce que j'apprenne qu'un de mes copains était des leurs, ces phrases-là m'ont suffi. C'est un sujet dont on parle peu, entre potes à l'école ou en famille. Je ne m'imagine pas demander à mes parents ce qu'ils pensent des homosexuels ; même s'ils ont l'esprit ouvert, je vois d'ici le regard panique qu'ils échangeraient entre eux. «Notre fils vire-t-il sa cuti ? Pourquoi nous pose-t-il une question pareille ?» Qu'ils ne s'inquiètent pas : les rondeurs d'Elsa, ses cheveux longs et son parfum me branchent trop pour que j'aie envie de faire doudouce à un gars ! D'ailleurs, rien que l'idée qu'un autre garçon me chipote, ça me fout la panique et la nausée. Comme un éclair, une pensée effroyable me traverse l'esprit : «Loïc, il n'était rien qu'un dépravé ; ça vaut peut-être mieux qu'il soit mort !» C'est vraiment dégueulasse de songer ça ; je me demande comment ce flash ignoble a pu me traverser l'esprit. Continue ainsi et ce sera la chute libre, mon gars ! Tu finiras par vouloir voter pour les fachos.

Purée, quelle galère ! «Tu viens, tu vis et toc !, tu meurs !» Le vers du poète me revient en tête. Au fond, ce n'est pas si simple que ça. «Et toc !, tu meurs !» Ensuite, il y a les autres, les vivants qui doivent supporter le décès. «Loïc, tu ne nous as pas facilité la tâche !»

J'ai besoin de parler de tout ça à quelqu'un.

Un peu comme si Clémence m'avait passé un relais et que je voulais le refiler à un autre. Elle ne m'a pas demandé de garder le secret. Une fois rentré chez moi, je téléphone à Philippe.

– Il faut qu'on se parle, dis-je, j'ai appris quelque chose d'ahurissant.

– Quoi ? me demande-t-il sur un ton froid.

– Je ne peux pas te dire ça au téléphone ; c'est trop hard !

À l'autre bout du fil, il y a un silence. Ensuite, cette question :

– C'est à propos de Loïc que tu veux me parler ?

– Oui, comment as-tu deviné ?

– Écoute, me dit-il lentement, c'est un sujet que je préfère ne pas aborder pour le moment. Ça me fait trop de peine qu'il ne soit plus là.

– Mais Clémence m'a appris un truc terrible, Philippe ! Je sais pourquoi il s'est tué.

Nouveau silence prolongé. Je me demande ce qui passe dans la tête de Philippe pour qu'il semble aussi désemparé face au suicide de Loïc.

– Philippe, dis-je, Philippe, tu es encore là ?

– Oui, Réginald.

– Tu sais pourquoi Loïc s'est pendu ?

– C'est ça ta nouvelle hard ? Je croyais que tu ne voulais pas en parler au téléphone.

Un trop plein d'énervement, de culpabilité, d'angoisse. Je ne peux pas me retenir et je lâche :

— Loïc était homo, mon vieux. C'est ça qu'il a écrit dans la lettre qu'il a laissée à ses parents. Loïc s'est suicidé parce qu'il était homo !

— Et alors ? me demande Philippe sur un ton glacial. Que veux-tu que j'y fasse ? Ça ne le ressuscitera pas !

Et il raccroche ; un de mes meilleurs amis me raccroche au nez ! Pendant quelques secondes, je demeure sidéré, le combiné du téléphone dans la main. La Terre ne doit plus tourner rond, je ne comprends plus rien.

6

Ma mère a du flair et elle finit toujours par deviner quand je vais mal. Cette fois, elle n'a pas eu trop de mérite. Depuis que Philippe m'a raccroché au nez, je suis resté vautré au salon dans mon fauteuil préféré sans prononcer un mot. Elle est passée plusieurs fois dans la pièce en faisant semblant de rien, mais, à force de ne pas me voir bouger, elle a fini par s'inquiéter. Après avoir déposé un plat dans la cuisine, elle revient dans le salon et, curieuse, me demande ce qui se passe.

– Bof, dis-je, l'enfer est remonté sur Terre, mais, à part ça, tout baigne.

Elle a l'habitude de mes exagérations et elle sourit.

– Tu ne pourrais pas être plus précis ?

– C'est difficile, Maman.

J'hésite un instant. Est-ce que je peux vraiment lui dévoiler ce qui me préoccupe ? Nous n'avons jamais parlé d'homosexualité à la maison. Cependant, malgré son côté mère-poule, entre elle et moi, la confiance règne et, à bout de nerfs, je craque et je lui raconte tout.

Elle m'écoute sans m'interrompre. Ça me fait du bien de sentir quelqu'un d'attentif en face de moi. J'en avais besoin. Quand je me tais, ma mère murmure :

– Eh bien, Réginald, voilà une expérience qui va t'ouvrir l'esprit…

Il n'y a qu'elle pour avoir une réflexion pareille ! À force de vouloir que j'aie l'esprit ouvert, elle va transformer mon cerveau en palais des courants d'air. Je la regarde et je hausse les épaules.

– M'enfin, Maman, j'ai pas du tout envie de devenir une tapette !

– Il ne s'agit pas de ça, Réginald. D'abord, on ne dit pas « tapette » sans savoir. Tu viens de prendre conscience que tout le monde ne vit pas sa sexualité de la même manière, tu viens aussi d'apprendre que celui qui n'accepte pas cette situation peut poser des actes dramatiques. Le jour où tu rencontreras un homosexuel, ça te permettra peut-être d'avoir un peu de considération pour lui.

Là, elle m'énerve ! Merde ! Il y a quand même des limites à l'ouverture d'esprit.

– C'est ça, réponds-je plus violemment que je ne le voudrais. Dis-moi aussi que si tu apprenais que j'étais homo, tu crierais alléluia et tu inviterais tous tes amis pour leur annoncer la nouvelle !

Elle soupire.

– Tu confonds tout ! Franchement, je serais embarrassée, bouleversée aussi sans aucun

doute. Mais ce n'est pas pour ça que je te re-
jetterais. Au contraire. Si ton copain Loïc avait
osé parler à ses parents ou à ses proches, s'il
n'avait pas craint leur colère ou leur honte, il
ne serait peut-être pas mort aujourd'hui.

Avec elle, tout finit par sembler simple. Ce
n'est pas la première fois qu'elle m'en bouche
un coin, mais, franchement, je ne me sens pas
prêt à accepter ce qu'elle affirme là.

– La honte, Maman, c'est Loïc qui l'avait dans
sa tête ! Parce qu'il ne se sentait pas normal. Ce
n'est pas la faute des autres s'il s'est pendu, c'est
la sienne. Ne m'as-tu pas mille fois répété que
chacun est responsable de ses actes ?

– Si ton ami s'est senti rejeté, c'est parce
qu'il a compris que la société ne reconnaissait
pas sa différence. Il est responsable de l'acte
qu'il a posé, mais nous tous, Réginald, sommes
responsables de ce qui l'a amené à poser cet
acte. Tu lui aurais dit quoi s'il était venu te
parler de sa différence ?

Assise en face de moi, ma mère attend une
réponse :

– Je ne sais pas, moi, qu'il guérirait, un jour,
qu'un psychologue pourrait l'aider à devenir
hétéro…

– Tu imagines la gifle que ça aurait repré-
senté pour lui ? Tu imagines l'envie qu'il aurait
eue de t'en dire plus ? Crois-tu possible qu'un
psychologue puisse aider un homosexuel à
s'accepter tel qu'il est ?

– Enfin, Maman. Si tu avais le sida, tu demanderais au médecin de t'aider à l'accepter plutôt que de te soigner ? L'homosexualité, c'est une maladie, non ?

7

Ce soir-là, nous n'en disons pas davantage. Au moment où je termine ma phrase, mon père fait irruption dans le salon et je ne veux pas aborder un tel sujet devant lui. Même si nos relations ont gagné en profondeur et en qualité depuis deux ans. La dépression que j'ai vécue à l'époque où nous avons subi madame Grivet nous a rapprochés. Mes parents ont compris qu'ils devaient un peu me lâcher les baskets et, depuis, je peux presque affirmer que tout baigne entre nous. Aujourd'hui, cependant, je galère. Les réflexions de ma mère ont augmenté mon malaise. Et Philippe, pourquoi veut-il créer une distance entre nous ? Décidément, la mort de Loïc a bouleversé bien des certitudes dans ma vie.

Je monte dans ma chambre, j'ai envie d'être seul. Je glisse le best of Pink Floyd dans mon lecteur CD. Un groupe mythique, selon mon père. Ça m'amuse de découvrir ce qui faisait planer mes parents à l'époque de leur adolescence. Je dois avouer que la musique m'emballe. On ne produisait pas que des nullités dans les années septante ! Mon père est aussi dingue d'Elton John. *Captain Fantastic* est un de ses disques que j'apprécie le plus. En voilà bien un qui ne fait pas mystère de son homosexualité ! Le fait ne m'a jamais gêné ; j'aime sa musique et basta. Qu'il soit homo, ça, je m'en fous !

Pour dire vrai, jusqu'à ce que Clémence me dévoile l'homosexualité de Loïc, le sujet ne me préoccupait pas plus qu'une puce sur le dos d'un chat. La différence, c'est que Loïc, je le connaissais et qu'en plus, il est mort. Pour moi, les homos vivaient bien dans leur univers et n'avaient aucun état d'âme quant à leur identité.

Maintenant, tout a changé et la conversation avec ma mère n'a rien arrangé. Si j'ai bien compris, elle ne voit aucun inconvénient à ce qu'une personne soit homosexuelle. Et pourquoi pas zoophile tant qu'elle y est ? Elle accepte la diversité sexuelle, comme elle apprécie les différences culturelles qui, selon elle, nous enrichissent. Ma chère maman, je me demande bien en quoi le fait que des gars se font sodomiser par d'autres peut bien m'ouvrir l'esprit ! C'est dégueulasse, un point, c'est tout. Les hommes et les femmes sont conçus pour échanger leurs désirs et ils se complètent. Des mecs qui font l'amour ensemble, c'est contre nature. Des femmes aussi d'ailleurs, mais, je ne sais pas pourquoi, ça me choque moins. Parce que je suis un mec, sans doute. On est toujours plus touché par ce qui nous concerne directement.

The Wall. Les Pink Floyd chantent et moi, couché sur mon lit, je me trouve devant le mur de leur chanson et devant celui auquel aboutissent mes pensées. Putain! Je suis sûr que plus de gens partagent mon avis plutôt que celui de ma chère mère. Il faudrait organiser un débat sur le sujet en classe. Au cours de morale ou en français. À l'école, quand on parle des homos, c'est pour se moquer d'eux et sortir quelques bonnes grosses blagues sur leur dos. Il est déjà arrivé que certains profs participent à nos réflexions, voire qu'ils nous racontent une blague de leur cru. Rétrospectivement, j'imagine les sentiments qui devaient envahir Loïc lorsqu'il entendait nos commentaires; si j'avais su qu'il était gay, je me serais certainement retenu. Avant tout, c'était un chouette copain et, les potes, on n'a pas envie de leur faire du mal.

À force de tourner ce problème dans ma tête, j'attrape le cafard. Pour sortir de cet interminable monologue, je ferme les yeux et je me laisse bercer par la musique. Ensuite, je pense à Elsa, à la belle poitrine d'Elsa, aux courbes de ses hanches, à l'arrondi de ses fesses, aux cheveux qui glissent dans son dos et qu'elle rejette sans cesse en arrière avec un gracieux mouvement de la tête, à ses lèvres où j'aimerais tant poser les miennes et à la douceur de ses yeux quand elle sourit. Elsa. Elsa. Mon imagination la déshabille et la rend insupportablement attirante. Ah, que je voudrais la serrer contre moi!

Soudain, le visage de Loïc se superpose à celui d'Elsa. Mes fantasmes stoppent net, mon excitation retombe à zéro. Bon sang! Qu'est-ce qu'il vient faire dans mes rêves avec Elsa? Le CD de Pink Floyd s'arrête. Je me lève, marche vers la fenêtre. Dans la rue, les voitures circulent tranquillement. Sur le trottoir d'en face, une fille et un garçon avancent en se tenant par la main. Comment un homme peut-il être attiré par un homme? Franchement, je ne comprends pas.

8

Ce matin, j'ai décidé de parler avec Philippe. Ça me fait du mal que nous n'ayons plus les mêmes relations qu'avant. J'ai besoin de m'ouvrir à quelqu'un en qui j'ai entièrement confiance, quelqu'un qui ne soit ni mon père ni ma mère. Philippe est celui à qui j'ai toujours tout confié jusqu'à l'enterrement de Loïc. Pourquoi m'en veut-il ? J'ai déconné ou quoi ? Je l'attrape à la sortie du cours de français.

– Il faut que je te parle. C'est important.

– Si tu veux, me répond-il d'un air triste. À midi vingt, à la fin des cours, ça te va ?

Philippe se dirige vers le local d'informatique et me fait un dernier petit signe de la main avant d'arriver au bout du couloir. Je file à mon cours d'histoire. Depuis l'année passée, nous avons choisi des options différentes et nous n'avons plus tous nos cours ensemble. Loïc était dans la même section que lui, en maths fortes. Moi, je suis plus littéraire et j'ai choisi l'option français-histoire.

J'attends la fin de la matinée avec impatience. En dernière heure, nous avons géographie ensemble. Quand, enfin, la sonnerie annonce que nous sommes libres, Philippe et moi filons à grands pas vers l'extérieur.

— Alors, qu'est-ce que tu veux ? me demande-t-il, une fois que nous sommes sortis de l'école.

— Tu sais, j'ai l'impression que notre amitié bat de l'aile et ça me fait de la peine.

— Ça n'a rien à voir avec notre amitié, Réginald. Je suis triste, c'est tout.

— Tu ne veux pas que nous en parlions ?

— Pourquoi ? Tu crois que tu as le pouvoir de me rendre joyeux ? Je suis seul responsable de ma tristesse et moi seul réussirai à m'en sortir.

Je croirais entendre causer ma mère ! Mais il a raison : on ne peut pas aider quelqu'un qui ne le souhaite pas. Ça épuise et ça ne conduit à rien. Je sens chez Philippe une dureté que je ne lui connaissais pas. Je ne peux pas m'empêcher de vouloir en savoir davantage.

— Philippe, depuis le suicide de Loïc, je ne te reconnais plus. Moi aussi, ça m'a déstabilisé, mais la vie continue.

— Ce n'était qu'un sale homo qu'il vaut mieux oublier le plus vite possible. C'est ça que tu penses ?

— Enfin, Philippe ! C'est vrai, les homos ne sont pas mon truc à moi, mais Loïc était un copain et je l'appréciais beaucoup. Sa mort m'a fort choqué, mais ce sont les vivants qui comptent, tu ne crois pas ?

– Loïc serait encore vivant si on l'avait plus respecté. Avec vos blagues à la con et vos réflexions dégueulasses, vous n'avez vraiment rien fait pour qu'il vive.

Là, il m'énerve ! Je déteste les discours moralisateurs. Encore quelques mots et Philippe va nous rendre responsables du suicide de Loïc !

– Pourquoi pas ? me lance-t-il en devinant les pensées qui doivent se lire sur mon visage. Pourquoi pas ? Si vous l'aviez accepté tel qu'il était, il ne se serait peut-être pas tué.

– Philippe, Philippe ! Là, tu déconnes. Je ne savais pas que Loïc était homo. C'est Clémence qui me l'a appris, il y a quelques jours. Personne ne savait que Loïc était homo. Comment aurais-tu voulu que nous l'aidions, que nous le comprenions ?

– Moi, je le savais, murmure Philippe en commençant à sangloter. Moi, je le savais, il me l'a dit six jours avant de se pendre. Je le savais, Réginald, tu comprends, je le savais et je n'ai pas pu l'empêcher de se tuer.

9

La douche froide. Je comprends enfin pourquoi Philippe est dans un tel état depuis la mort de Loïc. Philippe se calme et sèche ses larmes. Nous nous regardons pendant un long moment sans que je trouve le moindre mot. C'est finalement lui qui rompt le silence.

– Voilà. Comprends-tu mieux pourquoi je ne vais pas bien ?

– Évidemment, Philippe. Excuse-moi.

– De quoi ? me demande-t-il. C'est sympa de ta part de te préoccuper de mon moral, mais ça ne m'aide pas. C'est tout seul que je dois m'en sortir.

– En parlant à quelqu'un, c'est parfois plus facile. Tes parents, un prof ou moi si tu veux.

Il soupire et hausse les épaules.

– Mes vieux ! Pour leur dire quoi ? Que je me sens mal parce qu'un copain de classe s'est suicidé. Jusque là, ils pourraient comprendre et me diraient la même chose que toi : la vie continue, ça passera, je dois oublier. Leur dire que le copain en question s'est suicidé parce qu'il n'assumait pas sa différence sexuelle, parce qu'il était homosexuel. Là, je suis sûr que mon père entre dans une terrible rage et que ma mère me demande dans les trois secondes si je n'ai pas le sida. « Les pédés, faudrait tous leur couper les couilles ! » C'est une des phrases-clés de la philosophie paternelle. Ajouter que le copain s'est confié à moi et que je n'ai pas pu l'aider. Certain qu'ils s'écrient tous les deux qu'il vaut mieux qu'il se soit pendu, que, si je l'avais aidé, il aurait fini par vouloir me mettre dans son lit. Je préfère me taire que d'entendre des conneries pareilles. Parler à un prof d'un sujet pareil, je n'ose pas, même pas à monsieur Bonheur[3]. Et toi, Réginald, comment pourrais-tu comprendre ce que vit un homosexuel ? Tu ne les aimes pas.

Il a raison. Je ne sais pas comment j'aurais agi si Loïc s'était confié à moi. Aurais-je été capable de l'écouter ? Honnêtement, je ne le crois pas. Je pense à la conversation que j'ai eue avec ma mère. Comment aurait réagi Loïc si je lui avais sorti que sa maladie n'était pas grave, qu'il pouvait la soigner ? Ou, si, pour me défendre de la révélation qu'il venait de me faire, je m'étais bêtement mis à rire ? Et Philippe ? Qu'est-ce qui a poussé Loïc vers lui ? Pourquoi Loïc lui a-t-il fait confiance plutôt qu'à un autre ? À une fille, par exemple. Je crois qu'elles sont plus tolérantes que les garçons sur ce sujet-là.

– C'est vrai. J'aurais été perdu si Loïc m'avait

---

3. Voir le roman *Monsieur Bonheur*, du même auteur dans la même collection.

parlé de son homosexualité. Mais toi, Philippe, comment as-tu réagi en apprenant cette nouvelle ? demandé-je, perturbé.

– Normalement, me répond-il. Je l'ai écouté, c'est tout.

– Et il t'a dit qu'il voulait mourir ?

– Non, je n'ai pas imaginé un seul instant qu'il pourrait en arriver là. Il était calme. Il m'a expliqué sa différence, c'est tout.

– Vous avez parlé longtemps ?

– Vingt minutes, pas plus. Nous étions assis sur un des bancs de la cour. Pendant une heure d'étude. Je n'ai rien deviné, je n'ai rien compris et, pourtant, j'aurais dû…, achève Philippe dont les yeux se remplissent à nouveau de larmes.

– Pas plus qu'un autre ! Tu n'es ni devin ni psychologue. Tu n'as vraiment pas à t'en vouloir. Je ne m'en serais pas mieux tiré que toi, beaucoup plus mal sans doute parce que je n'aurais pas eu la patience de l'entendre aborder un sujet pareil.

– Tu sais, Réginald, moi, je pouvais le comprendre…

Le ton de la voix de Philippe a changé. Il me fixe avec insistance sans plus prononcer un mot. Je ne l'ai jamais vu ainsi : triste, profond et mystérieux. La mort de Loïc et la culpabilité qu'il vit l'ont terriblement changé. J'ai l'impression que je ne reconnais plus mon ami de toujours. En primaire, nous partagions tout. Nos fêtes d'anniversaire, Halloween, Noël… Mes parents ont même emmené Philippe avec nous en vacances à la mer, pendant huit jours. Souvent, je suis allé passer des week-ends entiers chez lui. Quand nous sommes arrivés dans cette école, j'ai rencontré mon pote Raphaël, je me suis un peu éloigné de Philippe, mais nous avons encore partagé mille bons moments ensemble : nous avons vécu nos premières révoltes d'adolescents, nous avons chahuté les mêmes profs, nous avons ennuyé les mêmes filles… Ce n'est que depuis l'année dernière qu'une véritable distance s'est créée entre nous ; j'ai toujours cru que c'était parce que nous ne fréquentions plus la même section, que nos intérêts pour les matières commençaient à diverger. Aujourd'hui, une impression étrange m'envahit et j'ai la trouille. Philippe est-il celui que j'ai toujours cru qu'il était ?

10

Le regard qu'il porte fixement sur moi me dérange. Que me veut-il à la fin ?

– Quoi ? dis-je en souriant, tu veux ma photo ?

– Ce n'est pas drôle, Réginald. Tu réagis comme un gamin.

– C'est ça, c'est de ma faute. Tu m'observes comme si j'avais un horrible bouton au plein milieu du nez.

Il soupire.

– Quand tu veux être con, tu joues bien ton rôle, Réginald. Ce que j'ai à te dire n'est pas facile et tu ne me simplifies pas la tâche. N'as-tu toujours pas compris pourquoi c'est vers moi que Loïc s'est tourné lorsqu'il a voulu faire part de son homosexualité à quelqu'un ?

Dans ma tête, ça bouillonne, mais non, je ne veux pas comprendre. Pas Philippe, pas un de mes meilleurs amis, ce n'est pas possible ! Je fais un terrible effort sur moi-même pour ne pas me mettre à hurler, pour ne pas jurer, pour ne pas l'insulter. Là, franchement, il me choque, il me déçoit. Philippe ! Je tente encore une porte de sortie, je ne veux rien entendre.

— Peut-être parce que tu es le plus psychologue parmi nous, parce que tu es d'un naturel calme et conciliant et que Loïc savait que tu ne te moquerais pas de lui, que tu l'écouterais.

Il a un sourire attristé et me déclare :

— Non, Réginald, parce que je suis un pédé, une tapette, une tantouze, un homo, un fif, un dépravé, un anormal si tu préfères. Je ne l'ai jamais dit à personne, mais Loïc l'avait deviné.

Quelle violence dans ses mots et dans le regard qu'il m'adresse ! Je voudrais filer, le planter là, sur le trottoir, mais je ne peux pas faire un pas. Je suis cloué au sol par la surprise, par la déception, par la colère. Mille autres sentiments tourbillonnent en moi et je ne sais plus à quoi m'en tenir.

— Pourquoi t'énerves-tu comme ça ? parviens-je à balbutier.

— Parce que, depuis cinq minutes, quoique tu te dises mon ami, tu fais tout pour ne pas m'entendre. Parce que, si le suicide de Loïc ne t'a pas ouvert les yeux, dans la société où l'on vit, dans l'école où nous sommes, c'est dur à porter d'être homo et c'est encore plus difficile de l'avouer à quelqu'un qui ne le comprend pas.

— Mais, Philippe, je n'ai pas dit que je te rejetais. Je te tolère, je…

— Ta tolérance, tu peux la garder pour toi. Me tolérer, ce n'est pas m'accepter, Réginald. Et ne mens pas ! Tu détestes les homos. Te rappelles-tu la blague que tu as encore racontée hier ?

Il faut avouer qu'il n'a pas tort. Je ne trouve rien à lui répondre.

— Alors, finis-je par demander, nous ne sommes plus amis ?

— Je n'ai rien perdu de l'amitié que j'éprouve pour toi, Réginald, mais toi, maintenant que tu sais qui je suis vraiment, tu préfères peut-être ne plus me fréquenter.

— Pourquoi dis-tu ça ?

— Parce que tout ton corps exprime ta déception de me savoir homosexuel : ton regard fuyant, ton visage et tes muscles crispés. Je te dégoûte donc tant que ça ?

— Tu déconnes, Philippe. Tu ne me dégoûtes pas.

— Et si je te demandais de me rouler une pelle, tu ne ficherais pas le camp ?

Là, il va trop loin. Depuis quelques minutes, je sens qu'il tente de me provoquer et il vient de réussir.

— Merde ! crié-je. Va te faire rouler des pelles par qui tu veux. Moi, je n'ai rien à voir avec des enculés de votre genre !

— Merci, Réginald, murmure-t-il, merci pour ton ouverture d'esprit, mon ex-ami. Va baiser Elsa, elle possède tout ce que tu recherches et elle te fera certainement moins peur que moi avec qui tu as partagé des années de ton existence.

— Saloperie ! dis-je.

L'émotion me noue la gorge et je ne peux aller plus loin. J'ai toujours beaucoup aimé Philippe et ce qui se déroule entre nous me fait terriblement mal. Avant d'être un homo, Philippe est d'abord un de mes meilleurs potes. Un ami. Je suis tout à fait perdu. Pour qu'il ne me voie pas pleurer, je me détourne et je m'éloigne à grands pas, l'abandonnant au milieu du trottoir.

Philippe

1

Tu as toujours cru qu'entre Réginald et toi, rien ne se briserait jamais, que votre amitié était indestructible. Vous vous êtes vus grandir et vous avez partagé mille et une aventures. Les vacances que vous avez passées ensemble, les week-ends où vous étiez inséparables et la galère que vous avez parfois vécue en silence sur les bancs de l'école. « Ces deux-là, disait ta mère, ils ne se sépareront jamais ! », un peu comme si vous formiez un couple pour le meilleur et pour le pire.

Ensuite, il y a eu l'entrée en secondaire et la rencontre entre Réginald et Raphaël. L'amitié qui est née entre eux deux a fait ombrage à la vôtre ; ils se voyaient tout le temps, ils partageaient leurs bêtises et, même si Réginald demeurait avec toi celui qu'il avait toujours été, tu lui en voulais secrètement de t'accorder moins d'attention. Même s'il te proposait de sortir t'amuser avec Raphaël et lui, tu préférais souvent demeurer seul, comprenant mal ce besoin soudain qu'il avait de courir en ville, de traîner dans les centres commerciaux, d'y ennuyer les filles, de vouloir toucher à tout, goûter aux bières d'abbaye, fumer des cigarettes, cela à treize ans, avec son pote Raphaël, dans l'euphorie de leur toute fraîche adolescence.

Quand tu le voyais, c'était pour échanger des cours, pour parler de tout et de rien, de votre famille, de vos problèmes, de vos enthousiasmes aussi, mais jamais tu ne vivais avec lui l'effervescence un peu débile qu'il semblait connaître lors de ses coups foireux avec Raphaël : les blagues téléphoniques faites à des copains de classe, leurs chahuts à l'école – ah, les deux mois inoubliables, vécus avec madame Grivet, la remplaçante de mademoiselle Laurent ![4] –, les soirées Halloween qu'ils ont organisées, les filles pour qui ils craquaient souvent tous les deux en même temps.

Tout cela, tu y as participé avec un certain recul, te sentant de plus en plus à l'écart au fil du temps. Parfois, lors de vos conversations, Réginald te faisait part de son étonnement de te voir tellement solitaire, t'affirmait que tu devenais bien sérieux pour ton âge, voire que tu ne profitais pas à fond de ton adolescence, que ta passion pour les maths et pour l'informatique te coupait du monde et qu'il vaudrait mieux que tu t'amuses comme lui. Tu ne savais jamais quoi lui répondre, tu te défilais et vous en restiez là, insatisfaits l'un et l'autre, mais tu ne pouvais pas lui dire plus, tu ne savais pas réellement ce

---

4. Voir le roman *La Remplaçante*, du même auteur dans la même collection.

qui se tramait en toi. L'évolution, pensais-tu, dans quelques années, tout sera plus clair et tu seras plus sûr de toi : n'est-ce pas ça qu'on appelle la crise d'adolescence ?

À tes parents, mieux valait ne rien dire. Ton père est un homme carré dont tu supportes mal les débordements quotidiens et les incontournables certitudes. Ta mère est une chiffe molle qui absout son seigneur et maître de ses multiples trahisons et de son permanent manque de respect. Les seules fois où tu l'as vue se révolter contre le joug du monstre, c'est quand il s'en prenait à toi, qu'il s'énervait pour un rien, qu'il retournait sa hargne et sa difficulté de vivre contre ton impuissance. Ça n'est pas arrivé très souvent ; tu as rapidement appris à garder tes distances, à devenir invisible, si bien que c'est ta mère qui subissait les colères et qui se voyait aspergée de bordées d'insultes. Si cet homme t'a appris une chose, c'est à désirer de tout ton cœur ne jamais devenir comme lui. Un personnage intransigeant et un dissimulateur.

Car s'il se montre imbuvable avec ta mère et toi, il donne très bien le change aux autres. Au temps où ils vous fréquentaient beaucoup, les parents de Réginald n'ont jamais pu se douter de rien ; ton père les recevait avec une bonhomie tranquille, leur parlait de la vie en des termes choisis et, les rares fois où tu as osé avouer à Réginald que ton père était insupportable, il a eu des difficultés à te croire. Docteur Jekyll et Mister Hyde. C'est ton père qui t'a amené à te réfugier dans les maths et l'informatique ; ce territoire-là t'appartenait, il ne s'y aventurait pas, croyant que tu te consacrais à ton travail scolaire alors que tu fuyais les cris qu'il poussait dans la pièce voisine. Comment aurais-tu pu vivre les folles expériences de Réginald avec un père comme le tien ? Il t'aurait assommé pour cela ou, pire, il aurait assommé ta mère.

2

Quel âge avais-tu? Quinze ans et neuf mois. C'était il y a quelques mois, un peu après les vacances de Pâques. Une soirée dansante avait été organisée à l'école et Réginald t'avait convaincu d'y participer. Tu te souviens encore de ses mots : « Sors-toi un peu de tes maths, Philippe ! Tu finis par avoir le teint blafard d'une équation à deux inconnues ! » S'il avait su ! Si tu avais su !

Tu es arrivé là vers vingt et une heures trente. La soirée démarrait à peine ; l'atmosphère était légère et décontractée. Réginald, Raphaël, Rachid, Ghislain et toi avez formé un petit groupe près du bar et tu as tenté de participer le plus possible à la bonne humeur générale. On échangeait des blagues un peu salées et Réginald n'arrêtait pas de faire des remarques sur la tenue de certaines filles. Au fil du temps, la musique s'est emballée et de plus en plus de gens ont rejoint la piste de danse.

Tout à coup, tu as senti que quelqu'un te tirait par le bras. C'était Elsa qui voulait que tu danses avec elle.

– Ça alors ! a lancé Réginald. Les traditions se perdent. Ce sont les filles qui invitent les garçons maintenant ?

– Tais-toi, râleur ! lui a rétorqué Elsa. Tu ne dirais pas ça si je t'avais invité, toi !

– Un jour, tu pleureras pour que je danse avec toi, ma belle ! lui a encore dit Réginald pendant qu'Elsa et toi, vous vous frayiez un passage vers la piste.

Le plus étonné, c'était toi. Elsa fait fureur auprès des garçons et elle n'aurait qu'à claquer dans les doigts pour que tous fassent ses quatre volontés. À la sono, ils passaient des slows et tu t'es tout à coup retrouvé collé contre elle. Elle avait entouré ta nuque de ses bras et elle laissait langoureusement glisser sa superbe anatomie contre la tienne. Tu n'en revenais pas ! La surprise t'empêchait même de penser.

– Tu aimes danser avec moi, Philippe ? t'a-t-elle murmuré dans le creux de l'oreille.

– Oui, Elsa, as-tu répondu bêtement sans rien trouver à ajouter.

– Alors, embrasse-moi, filou !

Tu as senti ses lèvres se poser sur les tiennes et, le mieux que tu as pu, tu as tenté de répondre à son baiser. Quand elle a ouvert la bouche et que sa langue a caressé la tienne, un sentiment de peur t'a envahi et tu t'es écarté d'elle. Dans ses yeux, tu as lu la surprise.

– Tu n'aimes pas ? a-t-elle dit.

Tu ne trouvais pas quoi lui répondre. Ta réaction te surprenait autant qu'elle. Alors, pour éviter de t'interroger davantage, tu as repris ses lèvres en faisant semblant d'aimer ça. Mais le charme était rompu ; Elsa avait légèrement écarté son corps du tien et son deuxième baiser n'avait plus la fougue du premier. Quand le slow s'est terminé, elle t'a pris par la main et t'a entraîné vers le fond de la salle. Vous vous êtes assis l'un à côté de l'autre et elle a posé la tête contre ton épaule.

— Philippe, a-t-elle murmuré, tu n'as pas aimé que je t'embrasse ?

— C'est pas ça, as-tu répondu, j'ai été vraiment surpris. Je ne m'y attendais pas.

— Tu n'as donc jamais remarqué que je m'intéressais à toi ?

Tu as bien dû lui avouer que non et elle t'a répondu que ton indifférence la rendait folle depuis au moins quinze jours. Elle a ajouté qu'elle croyait qu'elle t'aimait et elle a voulu savoir si tu l'aimais toi.

— Je ne sais pas, as-tu murmuré, très embarrassé. Honnêtement, je n'ai jamais songé à sortir avec toi.

Soudain, la douce Elsa s'est transformée en furie.

— Merde alors ! a-t-elle crié. Des dizaines de mecs me mendient ce que je viens de te donner et toi, tu me lances aussi net que ça ne t'intéresse pas !

— Ce n'est pas ce que j'ai voulu dire, as-tu répondu de plus en plus mal à l'aise.

— Ça va, a-t-elle rétorqué. J'aurais dû piger

plus tôt que je n'étais pas ton genre. Tu préfères peut-être les boudins comme Marie-Cécile ou les asperges toutes plates comme Léonie. Merci pour la baffe dans la gueule. Allez, salut !

Tu l'as regardée partir sans réagir. Tu ne comprenais plus rien.

3

Tu restes bien dix bonnes minutes sans bouger. Tu as l'impression d'avoir été projeté sur une autre planète, d'être étranger à tout ce qui se déroule autour de toi. Il faut que tu tentes de retrouver des repères. Tu quittes la salle subrepticement, en prenant garde à ce que Réginald et les autres ne remarquent pas ta fuite. Heureusement, le bar se trouve de l'autre côté de la piste et, de loin, tu constates qu'aucun d'eux ne s'en est détaché. Ont-ils vu que tu embrassais Elsa? Tu n'en sais rien et tu ne veux pas le savoir.

Tu rentres tout bêtement chez toi et tu te blottis dans ton lit. Tu as soudain l'impression de ne plus savoir qui tu es, comme si Elsa avait déchiré le voile derrière lequel tu dissimules mille questions depuis plusieurs mois. Elle a raison; si elle s'était jetée ainsi sur un de tes potes, il aurait profité de l'aubaine à fond. Et toi, tu n'as rien trouvé de mieux que de t'écarter d'elle!

Maintenant, tu sais. Tu n'es pas comme les autres. Comme ceux qui sont obnubilés par les filles et qui les déshabillent du regard du matin au soir. Depuis un an, presque deux, tu te demandes quoi. Ça ne t'a jamais rien dit de feuilleter, avec Réginald et les autres, ces revues pornos où des femmes s'exhibent, ça ne t'a jamais rien fait de voir passer dans les couloirs des étudiantes aux formes ravageuses et aux vêtements moulants. Contrairement à Ghislain ou à Rachid, tu ne t'arrêtes pas sur toutes les poitrines opulentes et, à la différence de Réginald qui ne rêve que de ça, tu n'as jamais eu envie qu'une fille glisse sa langue dans ta bouche, comme Elsa l'a fait ce soir. Tu t'es toujours dit que ça viendrait plus tard, que tes passions des maths et de l'informatique t'apportaient bien plus que ces émotions de surface.

Lorsque Réginald est sorti avec Lucie, tu lui en as voulu; c'était comme si votre amitié ne comptait plus, qu'il t'abandonnait, qu'il ne comprenait pas que tu éprouvais pour lui des sentiments véritables et profonds. Pendant les trois semaines de leur flirt, tu t'es senti très mal. Pour te consoler, tu as tourné ton regard vers d'autres mais, toi mis à part, tous les garçons de ta classe ne s'intéressaient qu'aux filles et n'abordaient que ce sujet-là dans leurs conversations. Tu t'es senti vraiment seul.

Ton ordinateur et les maths n'ont pas suffi à contenir le bouillonnement qui grondait au fond du volcan de ton corps ni à éteindre tes interrogations qui se sont faites de plus en plus nombreuses. Tu t'es plusieurs fois surpris à regarder les autres dans les vestiaires avant le cours de gym. Tu aimais voir tes copains se déshabiller et, discrètement, tes yeux rôdaient d'un corps à l'autre, avec un certain plaisir tout de suite coupé par un cinglant sentiment de honte. Si les garçons faisaient sur toi plus d'effet que les filles, tu t'es dit que tu n'étais sans doute qu'une sale tapette !

Le mot de ton père. « Tapette ! Sale tapette ! » Tous ceux qui ne sont pas d'accord avec lui finissent toujours sur ce rayon-là. Même les femmes. « Cette connasse n'est qu'une tapette ! » Voilà. Rudimentaire et crétin comme ton père lorsqu'il veut affirmer avec force qu'il est un homme. Tu t'es toujours dit qu'on ne t'aurait pas à ce jeu-là.

Maintenant, tu sais. Couché sur ton lit, tu te repasses toutes ces scènes, tous ces petits faits du quotidien qui ont mis à mal l'image que tu as de toi, qui ont créé le doute au fond de ton esprit. Elsa a fichu le feu aux poudres, tout a explosé. Tu prends douloureusement conscience que, si les filles ne t'attirent en rien, ce n'est pas parce que tu n'es pas encore assez mûr pour t'intéresser à elles, c'est parce que tu préfères les hommes.

4

Tu as entouré la date de la soirée en rouge sur ton calendrier. Une bombe à fragmentation venait d'exploser dans ta vie. Pendant plusieurs jours, tu en as terriblement voulu à Elsa de t'avoir sorti de ton brouillard protecteur. Puis, ton ressentiment a diminué; de toute façon, tu n'y aurais pas échappé. Un jour ou l'autre, il aurait fallu que tu reconnaisses ton homosexualité.

Le lundi, quand tu es arrivé à l'école, tu ne savais pas où te mettre. Tu étais persuadé qu'il était inscrit sur ton visage que tu n'étais rien qu'une «sale tapette». Mais il ne s'est rien passé. Tes copains ne t'ont même pas reproché d'avoir filé à l'anglaise. Seul Réginald t'avait téléphoné la veille pour te demander où tu avais disparu et tu lui avais raconté que tu étais trop crevé pour rester très tard.

Tu n'as pas osé regarder Elsa. Avait-elle fait part aux autres de sa triste aventure avec toi? Elle ne paraissait pas t'en vouloir. À la sortie du cours de biologie, elle t'a même souri et t'a dit:

– Salut, Philippe, ça va ?

– Bof, as-tu répondu en ne sachant pas trop quelle attitude prendre.

Elle s'est rapprochée de toi et t'a soufflé dans l'oreille :

– Il faudrait qu'on parle tous les deux, rien que tous les deux.

– Tu crois que c'est bien utile ? lui as-tu demandé.

– Tout à fait. J'en suis même persuadée. Téléphone-moi ce soir.

Ensuite, elle a filé. Évidemment, ton petit conciliabule avec la plus jolie fille de la classe n'est pas passé inaperçu. Réginald t'a rejoint et a lancé :

– Alors, Phil, t'as une touche avec Elsa ? Vous sortez ensemble ? T'es sûr que c'est pas avec elle que tu es parti vendredi soir ? Vous avez tous les deux disparu après qu'elle t'a invité à danser !

– Crois ce que tu veux, as-tu répondu, énervé.

– Monsieur me snobe depuis qu'il a emballé notre Laetitia Casta ! a-t-il lâché en s'éloignant.

« Si tu savais, Réginald, si tu savais ! », as-tu pensé. Tu t'es pressé vers ton cours de maths. Tu avais envie de pleurer.

Le soir, tu n'as pas téléphoné à Elsa, mais elle t'a appelé. C'est toi qui as décroché et, lorsque tu as reconnu sa voix, tu en es resté baba. Qu'est-ce qu'elle voulait à un mec comme toi ?

– Philippe, tu m'as oubliée ?

– Pas vraiment, as-tu répondu, mais je ne vois pas ce que je pourrais te dire.

– Moi, je dois te parler. Je crois savoir ce que tu éprouves… On peut se voir demain après les cours ?

Tu as accepté. Elsa t'intriguait. Elle avait l'air d'être sérieuse et tu te demandais ce que ça pouvait bien cacher. Le lendemain, à la fin des cours, vous avez discrètement filé vers un bistrot tranquille situé pas très loin de l'école. Pendant le trajet, Elsa a parlé de tout et de rien ; tu répondais à peine, prisonnier des questions qui s'accumulaient dans ta tête. Vous vous êtes installés dans un coin, au bout de la salle.

– Je te demande pardon pour vendredi, a-t-elle commencé. Je t'ai un peu malmené.

– Ça alors ! as-tu dit. Ce serait plutôt à moi de m'excuser platement, tu ne crois pas ? Repousser une fille comme toi, c'est une insulte à la beauté.

Elle a rougi, visiblement surprise par la phrase qui t'avait échappé. Au fond de toi, tu t'es dit que tu jouais parfaitement le rôle de petit hétéro qui devait en mettre plein la vue à la gent féminine. Tu te sentais à la fois fier de ta prestation et dégoûté de mentir ; tu ne pouvais pas encore accepter cette homosexualité dont tu venais de prendre conscience, ni de toi à toi ni vis-à-vis des autres.

– Écoute, Philippe, a poursuivi Elsa en hésitant, après ce que nous avons vécu vendredi, j'ai eu la tête chamboulée de questions. C'est la première fois qu'un garçon réagit ainsi avec moi…

— Ça n'a rien à voir avec toi, Elsa ! Ne crois pas que tu n'es pas super séduisante à cause de la réaction que j'ai eue.

Elle a haussé les épaules, a soupiré un grand coup.

— Oh, t'inquiète. Je sais que je plais aux mecs. Ils me collent assez pour que j'en sois persuadée. Toi, tu m'attires parce que tu es différent, toujours un peu seul, tranquille. Et franchement, je crois que je t'ai agressé.

— Non, Elsa. C'est bon. Ne culpabilise pas.

En face de toi, tu n'avais plus une Elsa triomphante. Elle semblait mal à l'aise, tourmentée même. Elle a de nouveau soupiré et a ajouté :

— Et puis, j'ai songé à autre chose, Philippe. Je veux être franche avec toi, mais tu dois me promettre de ne pas te vexer…

— Vas-y, ai-je murmuré, tout baigne. Je ne te sauterai pas au visage.

— C'est à cause de mon oncle, tu comprends… En fait,… eh bien, je me suis demandé si tu n'étais pas homo. Tu ne m'en veux pas de dire ça ?

5

Si elle t'avait giflé, la surprise aurait été moins forte. Ainsi, ce que tu te dissimulais était tellement visible qu'une copine de classe le remarquait. Comment aurais-tu dû agir pour qu'elle oublie sa question, pour qu'elle croie que celle-ci n'avait aucune pertinence ? Peut-être aurait-il fallu que tu te révoltes, que tu l'insultes, que tu la plantes dans le bistrot... Tu n'as rien fait de cela, tu n'en avais pas la force, tu n'avais plus envie de mentir.

— Homo, as-tu murmuré, pour toi, je ne suis qu'un sale homo parce que je ne t'ai pas baisée...

Ensuite, ta voix s'est brisée. Tu n'en pouvais plus. Tu as détourné la tête pour qu'elle ne voie pas les larmes qui t'envahissaient les yeux. Plus encore que sa question, sa réaction t'a étonné ; elle t'a saisi la main par-dessus la table et t'a déclaré tout doucement :

— Tu sais, Philippe, ce n'est pas une tare d'être homosexuel. C'est juste une différence.

Tu as tourné ton visage vers elle et tu as dit :

— Pour toi, c'est facile, Elsa. Tu ne dois pas te répéter tous les jours que tu n'es rien qu'une « sale tapette ». Depuis vendredi, je vis l'enfer. Avant, je pouvais au moins me mentir à moi-même, m'imaginer que mes tendances n'étaient que passagères. Maintenant, c'est foutu, Elsa. À cause de toi !

— Alors, a-t-elle ajouté en te lâchant la main, je t'ai rendu service. Il n'y a rien de pire que de se mentir à soi-même. Surtout quand il s'agit d'un sujet aussi important.

Elle t'étonnait de plus en plus. Tu avais envie qu'elle parle encore, elle semblait avoir tant de réponses alors que toi, tu étais embourbé dans un marais de questions.

— Elsa, lui as-tu demandé, pourquoi parles-tu de l'homosexualité avec autant d'assurance ? En plus d'être une hétéro ravageuse, t'es aussi une gouine ou quoi ?

— Ce n'est pas la peine de te montrer aussi agressif, Philippe. Non, je ne suis pas lesbienne. M'as-tu écoutée tout à l'heure lorsque j'ai cité mon oncle ? Il est homo et il s'assume comme tel. Nous avons déjà eu de longues conversations ensemble ; c'est un des hommes les plus équilibrés et les plus justes que je connais. Il est vraiment super !

Tu n'en revenais pas. Ainsi, on pouvait être homo et vivre ça bien. Ce que tu considérais comme une insuffisance, comme une anormalité pouvait-il être une force ? Tu ne comprenais pas, tu ne trouvais rien à répondre à Elsa qui a repris tendrement tes mains entre les siennes et qui t'a souri en plongeant ses beaux yeux bleus dans les tiens. À cet instant, le serveur est passé près de votre table et a lancé :

– Vous reprenez quelque chose, les amoureux ?

– Non merci, a répondu Elsa avant d'éclater d'un bon rire clair.

Tu reprenais espoir. Au fond de ton cœur, un sentiment de confiance semblait vouloir lever le petit doigt.

– Tu vois, a dit Elsa, ça ne se remarque pas tant que ça que tu es homo !

– Peut-être, as-tu murmuré.

– En tout cas, il y a une chose que je veux te promettre : je ne dévoilerai jamais à personne ce que j'ai découvert à ton propos. Mon oncle m'a fait comprendre combien il est difficile de s'assumer différent. Il m'a raconté ce qu'il a vécu quand il était adolescent. Les autres, qui se croient normaux, peuvent parfois se montrer dégueulasses. Alors, promis, Philippe, je me tairai.

Si elle ne s'était pas trouvée de l'autre côté de la table, tu l'aurais saisie dans tes bras. Tu t'es contenté d'amener sa main gauche vers tes lèvres et de l'embrasser chaudement.

6

Aujourd'hui, cette scène t'émeut encore. Elsa a tenu sa promesse et, souvent, elle t'a aidé quand tu ne te sentais pas très bien. Les autres ont jasé. Réginald a vraiment cru que vous sortiez ensemble et il ne s'est pas privé de te faire remarquer que tu n'étais rien qu'un gros veinard ! « Emballer une fille pareille ! Tu en as un de ces bols ! » Pendant toutes ces semaines, Elsa a été ta seule confidente. Ensuite, il y a eu Loïc. Pendant six jours. Avant qu'il ne décide de se pendre dans sa chambre. Tu ne lui as pas parlé d'Elsa et, aujourd'hui, tu t'en veux drôlement. Peut-être aurait-elle trouvé des mots que tu n'as pas eus. Tu n'as parlé de lui à Elsa que plusieurs jours après son suicide. Il t'avait fait promettre que tu ne révélerais rien de tout ce qu'il t'avouait. « À personne, avait-il précisé, même pas à une fille, ni à tes parents ni à ton meilleur ami ni à ta meilleure amie. »

Il était le seul à savoir qu'entre Elsa et toi, il ne se passait rien de sexuel ou d'amoureux. Il avait compris depuis longtemps. Bien avant le jour où il a décidé de se livrer à toi sur le banc dans la cour. Tu l'entends encore :

– Elsa et toi, c'est du bluff, n'est-ce pas ? Vous vous entendez terriblement bien, mais vous ne sortez pas ensemble. Elle a plus l'air de te soutenir qu'autre chose. Un peu comme une grande sœur. C'est à cause d'elle que j'ai deviné que tu étais homo.

Tu n'avais rien pu lui répondre. Tu n'en revenais pas. Il avait continué :

– Tu sais, Philippe, à force d'être seul, on apprend à regarder les autres, à les observer en profondeur. Souvent, je me suis demandé pourquoi tu ne participais pas aux blagues idiotes, aux réflexions meurtrières auxquelles moi-même je m'associais pour qu'on ne devine rien de mes goûts. J'ai dû te choquer plus d'une fois, n'est-ce pas ? Pour qu'on ne soupçonne pas mon homosexualité, qu'est-ce que j'ai pu en rajouter ! Au point de me dégoûter moi-même. Je t'ai trouvé sympa de t'éloigner dans ces moments-là. Je me suis dit que tu étais plus sensible, plus fin que les autres. Ensuite, il y a eu Elsa. Une chouette fille, vraiment. Je vous ai vus à la soirée dansante, j'ai remarqué ta réaction, je vous ai vus parler plusieurs jours après ; Elsa avait pour toi des manifestations de tendresse, pas des élans de passion. J'ai alors pensé que toi aussi tu étais de l'autre bord, j'ai eu envie de te parler.

Aujourd'hui encore, presque chaque phrase de la conversation que vous avez eue sur le banc est restée gravée dans ta mémoire. Tu revois

Loïc, le corps légèrement penché vers l'avant, les yeux fixés sur le sol, les mains posées sur son jeans beige clair. Tu revois ses cheveux blonds en bataille, ses yeux marron, son visage hâlé. Tu entends le son de sa voix, comme s'il parlait encore, comme si rien ne s'était passé, que sa mort n'était qu'une horrible fiction. Tu retrouves le sentiment de surprise qui t'a saisi alors ; Loïc homosexuel, ça t'avait semblé à peine croyable ! Pendant que tu t'enlisais dans des questionnements sans fin sur tes préférences sexuelles, il avait posé un choix net et terrible : avoir conscience de son homosexualité et la nier farouchement aux yeux de tous.

Avec le recul, tu comprends le désespoir qui devait l'habiter, le déchirement que, chaque jour, il s'obligeait à affronter. Jouer la comédie, une horrible comédie. Faire croire à tous qu'il était quelqu'un qu'en vérité il n'était pas. Se mentir au quotidien et ne plus pouvoir situer vraiment le réel.

Tu entends encore les mots qu'il a prononcés d'une voix à peine audible, comme s'il désirait ne pas les entendre :

– J'étouffe, Philippe, j'étouffe de me raconter tant d'histoires. Qui suis-je ? Celui qui affirme bien haut que les homos sont des déchets de la nature ou l'autre qui n'accepte pas celui qu'il est ? J'ai deux vies, Philippe, deux personnalités, c'est insupportable.

7

Tu aurais dû comprendre qu'il était au bout du rouleau ; s'il venait vers toi, c'est qu'il n'en pouvait plus. La conversation que vous avez eue ensemble était, pour lui, celle de la dernière chance. Si tu avais deviné que, quelques jours plus tard,...

Mais quoi ? Elsa t'a répété que tu n'y pouvais rien, que tu n'étais pas responsable de ce suicide.

– Tu n'es pas psy, Philippe ! Tu ne pouvais pas savoir. Et Loïc, ne t'a-t-il pas complètement déstabilisé en se confiant à toi ?

Elle a raison. Quand tu as compris qu'il avait deviné ton homosexualité, tu en as eu les jambes coupées. Elsa, quelques semaines plus tôt et maintenant lui ! Tu t'es dit que, bientôt, tu ne pourrais rien dissimuler à personne, qu'il était inscrit en grand sur ton visage que tu étais une tapette ; ta discrétion, tous les efforts que tu faisais pour paraître normal ne suffiraient plus à dissimuler la réalité aux autres. Faudrait-il que tu agisses comme Loïc, que tu inventes sur les homos des blagues ignobles dont tu rirais plus fort que tout le monde ?

Tu n'as pas été capable d'entendre Loïc ce matin-là. Dans ta tête, un orage grondait. Les coups de foudre de l'angoisse transperçaient le ciel de tes pensées amères. Loïc parlait sur un ton monotone ; il vidait tranquillement son sac sans vraiment faire attention à toi. S'il t'avait abordé en te disant « J'ai un problème, Philippe. Peux-tu m'aider ? », tu aurais pu l'écouter davantage. Mais il avait dit :

– Alors, Philippe, toi aussi tu en es ?

– Je suis quoi ? avais-tu demandé sur un ton surpris.

– Homo.

Que Loïc te pose cette question sur un ton aussi tranquille t'avait abasourdi ; ne les détestait-il pas ces homos dont, depuis la soirée avec Elsa, tu savais définitivement faire partie ? Tu n'avais pas répondu. Tes jambes tremblaient et tu sentais la sueur perler dans ton dos. Sans doute avais-tu blêmi, car il avait éclaté de rire et, sur le ton sarcastique que tu lui connaissais si bien, il avait ajouté :

– Homo lave plus blanc, n'est-ce pas ?! Savoir ça enlève les couleurs de la vie !

– De… de quoi… veux-tu parler ? avais-tu réussi à prononcer.

– De ton état de tapette, couillon !

Il avait élevé la voix et tu avais eu un regard inquiet autour de toi. Si les autres entendaient, si les autres savaient, que deviendrais-tu ? Un vent de panique soufflait autour de toi : pourquoi était-ce justement Loïc qui te demandait ça ? Tu l'imaginais déjà en train de se moquer de toi devant tous les autres. Soudain, son attitude avait changé ; il avait posé la main sur ton avant-bras et t'avait murmuré sur le ton de la confidence :

– N'aie pas peur, Philippe. Je ne dirai rien. Nous faisons partie de la même famille.

Ce qui s'était alors passé en toi est indescriptible. Tu as eu l'impression que tu étais entraîné dans un tourbillon fou, tu avais chaud, tu avais froid, tu as cru que tu allais t'évanouir. Loïc, homosexuel ? ! Lui qui en disait tant de mal ? Tu avais finalement réussi à murmurer :

– Ce n'est pas possible, Loïc ! Tu te moques de moi ?

Alors, il avait commencé à parler sur un ton monocorde, prisonnier de lui-même et de ses mystères. Tu entendras cette voix tranquille toute ta vie, cette voix qui n'était qu'émotion contenue.

– La meilleure défense est l'attaque, avait-il commencé, tu connais la formule. Oui, Philippe, je suis homosexuel, mais je ne l'assume pas, alors je fais tout pour qu'on ne devine rien de mon état. Ce que je te dis aujourd'hui, personne ne s'en doute, mais j'ai besoin d'en parler, j'ai besoin d'un ami sûr qui ne me trahira pas…

Cet ami, tu n'as pas été capable de l'être. Pendant qu'il te parlait, Loïc a-t-il senti ton désarroi, a-t-il compris que les mots qu'il prononçait, tu avais besoin de les prononcer toi-même, a-t-il saisi que ton malaise t'empêchait de l'aider ? Tu n'en sauras jamais rien. Loïc est mort et tu ne peux pas t'empêcher de penser que c'est un petit peu de ta faute.

8

C'est à Elsa qu'il aurait dû s'adresser. Elle est capable de faire croire à la beauté du monde. Elle a un don. Elle s'approche de toi et tu te sens mieux, elle s'approche de toi et tu sais que la vie est belle.

Sans elle, sans l'écoute attentive qu'elle t'accorde depuis le suicide de Loïc, tu aurais décroché. Il faut pouvoir ouvrir son cœur à quelqu'un quand plus rien ne va. Tu aurais tant voulu dire à Réginald tout ce que tu dis maintenant à Elsa. N'est-il pas ton ami depuis toujours ? Ton ami hétéro qui n'offre son amitié qu'aux hétéros. Tu es devenu trop dangereux pour lui, tu es entré dans ce qu'il ne peut pas accepter, dans ce qu'il ne tolère même pas. Les filles semblent plus ouvertes à la compréhension de l'homosexualité que les garçons ; eux, ils rejettent et ils se moquent. Elles réfléchissent et posent des questions. Peut-être parce qu'elles ont moins peur des homos, parce qu'elles osent se tourner vers l'expérience, la nouveauté, qu'elles sont curieuses et sans a priori ; parce que l'homosexualité entre filles fait moins horreur que celle entre garçons ?

Hier, une fois de plus, Elsa t'a scié. Elle t'a avoué que, pendant les vacances, elle et une de ses copines s'étaient roulé une pelle pour voir l'impression que ça éveillait en elles. Tu en es resté baba.

– Quoi, a-t-elle dit, ça te choque ?

– Ben non, mais quand même...

Elle a ri, de son beau rire franc et sincère. Tu regardais son visage clair et lumineux, ses yeux joyeux, ses longs cheveux blonds et tu t'es demandé comment une fille pareille pouvait te laisser indifférent.

– Et toi, a-t-elle poursuivi, tu as déjà eu des relations avec un mec ?

– Des relations sexuelles, tu veux dire ?

– Mais oui, gros bêta, de quoi sommes-nous en train de parler ?

Tu n'as pas osé lui répondre. Tu as pensé aux coups d'œil discrets que tu posais sur le corps des autres dans les vestiaires, à ce garçon rencontré au parascolaire qui t'avait mis la main aux fesses et que tu avais traité de «connard», à ces revues où des hommes s'exhibent et que tu dissimules dans le double fond de ton bureau, tu as songé aux fantasmes qui t'empêchent de t'endormir, aux désirs qui envahissent ton ventre. Elsa a respecté ton silence et, quand tu as levé les yeux, elle a souri gentiment et a dit :

– Alors, jamais rien ?

– Rien, as-tu murmuré. Je n'ai jamais osé. Et puis, tu sais, il est moins facile de rencontrer un homo qu'un hétéro…

– Et tu en as envie ? a poursuivi Elsa.

– Je ne sais pas… Ça ne s'avoue pas comme ça, ces envies-là. Même pas à soi-même. Tu sais, Elsa, quand j'y pense, j'ai toujours un peu honte. Tu imagines que mes parents apprennent ça ?

– Et alors, c'est ta vie non ?

Tes vieux, tu les connais ; ils réagiraient encore plus mal que les parents de Loïc. Pour ta mère, ce serait la fin des grands espoirs qu'elle a investis en toi. Pour ton père, apprendre que tu es homosexuel équivaudrait sans doute à vivre l'apocalypse. Tu ne vois pas de solution ; alors, tu temporises. Tu dissimules qui tu es vraiment pour qu'ils conservent leurs illusions.

– Et tu crois que c'est une solution ? a demandé Elsa. Tu ne penses pas qu'un jour ou l'autre, tu devras cesser d'être le parfait garçon dont rêvent tes parents ?

– Mieux vaut qu'ils l'apprennent le plus tard possible, Elsa. À quoi ça servirait d'ailleurs qu'ils le sachent maintenant ? J'imagine le drame ; ma mère me conduirait chez tous les psys du coin pour me guérir. Mon père préférerait me voir mourir. Au moins, maintenant, je vis cool.

– Et tu te mens, Philippe. On ne peut pas être bien dans sa peau quand on choisit de jouer un rôle. Regarde Loïc, à force de se mentir et de mentir aux autres, il a fini par ne plus se supporter.

Elle a raison. Pratiquer la politique de

l'autruche ne mène à rien de bien. Mais on ne s'assume pas différent aussi facilement que ça. Il ne suffit pas de déclarer aux autres « Je suis homosexuel » pour l'accepter au fond de soi.

— Tout ça, c'est trop nouveau pour moi, lui as-tu répondu. Tu imagines tout ce que je dois assimiler depuis le soir où nous avons dansé ensemble ? Tu imagines ce que ça représente de prendre conscience que je ne fais plus partie du groupe de copains que je connais depuis toujours, qu'entre eux et moi, une barrière s'est dressée, que Réginald m'évite depuis qu'il me sait homo. Il me faut du temps, Elsa. Ça me servirait à quoi de revendiquer mon homosexualité alors que je ne sais pas vraiment ce qu'il m'arrive ?

Elsa t'a souri, a posé sa main sur la tienne.

— J'aime ta sensibilité, Philippe. C'est vrai, il ne faut pas aller trop vite, mais tu sais que c'est mon plus gros défaut : je suis toujours pressée, je voudrais que tout le monde soit heureux sur la Terre.

9

À la télé, ils ont diffusé une émission sur les gays. Ça t'a permis de prendre la température à propos du sujet à la maison.

– C'est pas possible, marmonnait ton père. Faudrait les supprimer ! T'as vu leur genre !

Ta mère a tenté de nuancer. Chacun n'a-t-il pas le droit de s'exprimer ? Au fond, ces gens-là ne font de mal à personne.

– Peut-être, a rétorqué ton père, mais, de là à s'exhiber en pleine rue, il y a un pas. Qu'ils soient au moins discrets ! Ce sont des malades et des dépravés qu'il vaut mieux ne pas mettre en évidence. Pense à nos enfants !

Cela a le mérite d'être clair, n'est-ce pas ? Aux yeux de ton père, tu es un malade et un dépravé. Pendant qu'il poursuivait ses remarques anti-gay, tu t'es levé discrètement et tu es monté dans ta chambre. Une fois de plus, le cortège habituel de questions sans réponse défilait cruellement dans ta tête : pourquoi devient-on homo, comment le devient-on, est-ce une maladie comme l'affirment certains, est-ce le fruit de l'éducation qu'on reçoit, est-ce dû à une modification génétique, en guérit-on et d'ailleurs, faut-il en guérir ?

Tu t'es couché sur ton lit, tu as enfoncé le visage dans ton oreiller et tu as laissé s'exprimer ta détresse. Pendant tes sanglots, défilaient les images de ton histoire récente : tes premières questions sur le fait que les filles ne t'attiraient pas, tes premiers regards vers des corps de garçons et le plaisir que t'apportait cette contemplation-là, tes amitiés-amours pour certains de tes copains de classe et les fantasmes qu'ils engendraient, la soirée avec Elsa, la connivence née entre vous et, soudain, l'aveu de Loïc, six jours avant son suicide. Jusqu'à douze ans, tu as vécu heureux. Ensuite, tout est devenu flou et, maintenant, tu as l'impression qu'un obstacle insurmontable barre ton chemin de vie. Un obstacle qui tient en deux syllabes : ho-mo. Peut-on vivre heureux quand on est homo ? À en croire le geste de Loïc, non. À en croire, les paroles rassurantes d'Elsa, oui. Toi, tu ne sais pas ; ton père n'a pas tout à fait tort. Ces gars et ces filles qui défilent en rue sous les déguisements les plus cocasses semblent le faire pour prouver aux autres qu'ils existent ; il y a dans leur attitude quelque chose d'exagéré, d'exaspéré qui te dérange : peut-on être homosexuel au quotidien, tout simplement ou faut-il nécessairement le revendiquer lors de manifestations carnavalesques ? Si tu suis le modèle de vie de ces gens-là, tu as l'impression que tu t'excluras de la société, que tu t'enfermeras dans un ghetto, mais, lorsqu'on se découvre homo, ne découvre-t-on pas en même temps que l'on est définitivement minoritaire ? Ces défilés ne sont-ils pas avant tout une manière qu'ont les homos pour dire leur fierté d'être tels, une manière de s'assumer dans la joie ?

Tu n'en peux plus. Tu voudrais tellement que quelqu'un te serre dans ses bras et te console. Tu voudrais parler de ce désespoir qui couve au fond de toi, mais à qui ? Tu imagines Loïc, tu éprouves la détresse qu'il a dû ressentir : se retrouver seul avec un secret inavouable détruit plus sûrement que n'importe quel malheur.

Ta mère est montée à l'étage, elle a entendu tes sanglots en passant dans le couloir des chambres. Elle a frappé à ta porte, elle est entrée, t'a découvert le visage en larmes, enfoncé dans l'oreiller.

— Philippe, mais que t'arrive-t-il, mon poussin ?

Vite, vite, tu as essayé de te reprendre, tu as même tenté de sourire. Elle semblait vraiment inquiète. Ça devait bien faire trois ans qu'elle ne t'avait plus vu pleurer.

— Ça va, Maman, ça va...

— Mais pourquoi pleures-tu ainsi, Philippe ?

Sa voix alarmée, sa caresse dans tes cheveux, ton visage qu'elle a serré contre sa poitrine comme lorsque tu étais petit et qu'elle te consolait de tous les malheurs, cette tendresse dont tu avais tant besoin et qui t'enveloppait soudain t'ont fait craquer complètement et, sans plus penser à rien, tu as murmuré :

— Parce que je suis homo, Maman, parce que je suis homo, tu comprends ?

10

Elle a eu un mouvement de recul. Sa voix tremblait quand elle t'a demandé :

– Philippe, qu'est-ce que tu as dit ?

Tu t'es écarté d'elle, tu t'es redressé, tu as frotté tes larmes d'un revers de la main et, la colère remplaçant le désespoir, tu as crié :

– Homo. H.O.M.O. Je suis homosexuel, tu comprends maintenant ?

Elle te regardait avec des yeux ronds, la bouche ouverte, elle était effarée. Tu ne pouvais plus t'arrêter.

– Tu comprends pourquoi je souffre autant depuis la mort de Loïc ? Lui aussi n'était qu'un sale homo et c'est pour ça qu'il s'est pendu. Qu'est-ce que tu dirais s'il m'arrivait la même chose ? Papa et toi, vous seriez heureux de vous débarrasser de votre fils dépravé, heureux de ne plus avoir une tapette à la maison ? !

Elle a poussé un cri, est venue vers toi, t'a repris dans ses bras.

– Tais-toi, s'il te plaît, tais-toi, Philippe, mon chéri. Si ton père t'entendait… Je suis ta maman et je t'aime. Je t'en prie, calme-toi.

Tu t'es laissé aller dans ses bras, tu n'en pouvais plus. C'est à cet instant-là que ton père, attiré par le bruit, a pénétré dans la chambre. Il vous a trouvés en larmes, dans les bras l'un de l'autre.

– Eh bien, que se passe-t-il ? vous a-t-il demandé sur un ton étonné.

Ni ta mère ni toi n'avez pu lui répondre. Tu étais bien dans ses bras, tu te sentais protégé de tous les malheurs du monde et tu ne voulais pas briser ce moment-là.

– Rien, as-tu enfin murmuré, il n'y a rien, Papa. Juste une affaire entre maman et moi, laisse-nous, je t'en prie.

Il a soulevé les sourcils, mais n'a rien ajouté et est sorti. Une de ses rares qualités, c'est de ne pas s'imposer quand il croit ne pas être concerné. Il est parti sans chercher à comprendre pourquoi vous pleuriez et ça valait mieux ; s'il avait deviné la raison de vos larmes, ça n'aurait pas été si facile.

– Voilà, c'est tout. Une vraie galère, non ?

Elsa te regarde ; elle a écouté ton histoire sans t'interrompre. Elle passe une main dans ses cheveux, les rejette en arrière, soupire et te dit :

– Une vraie galère, je ne crois pas. Au moins, avec ta mère, les choses sont claires. Elle l'aurait de toute manière appris un jour ou l'autre. Finalement, elle n'a pas mal réagi.

– Ça, c'était hier, Elsa. Ce matin, elle avait

une tête de déterrée. Sûr qu'elle n'a pas dormi de la nuit et qu'elle a tourné le problème dans tous les sens pour lui trouver une solution. Tout à l'heure, avec des trémolos dans la voix, elle m'a demandé si je prenais au moins mes précautions, tu te rends compte ? !

– Tes précautions ? te demande Elsa, quelles précautions ?

– J'ai réagi comme toi. Elle était prête à pleurer quand elle m'a précisé qu'avec le sida, je ne devais prendre aucun risque, que c'était trop dangereux.

– Putain !

– Ben oui. J'en étais scié. J'ai même failli éclater de rire. Tu aurais dû voir son soulagement quand je lui ai dit que je n'avais encore eu aucune relation avec personne, que je n'en étais pas là...

Elsa soupire.

– C'est vrai qu'elle a dû passer une mauvaise nuit, ta mère. C'est fou tout ce que les gens imaginent. Mon oncle m'a raconté avoir vécu la même chose, Philippe. Il faudrait que tu le rencontres. Il pourrait t'expliquer bien mieux que moi que ce n'est pas une tare d'être homosexuel, que certains d'entre eux vivent heureux, que tous ne revendiquent pas leur état avec frénésie. Tu veux que je lui en parle et qu'on se voie ensemble ? C'est un type super, tu verras !

Elsa

1

Philippe et mon oncle André se sont rencontrés chez moi, mercredi après-midi. Philippe était nerveux, mais la gentillesse d'André l'a rapidement mis à l'aise. Mes parents n'étaient pas là et nous nous sommes tranquillement installés dans le salon. Nous avons d'abord parlé de tout et de rien, mais Philippe demeurait crispé dans son fauteuil, jouant avec ses doigts, ne pouvant pas demeurer en place. Après un quart d'heure, André a marqué un instant de silence et a dit :

— Elsa m'a parlé de toi, Philippe. Elle a fait allusion aux difficultés que tu vis en ce moment.

Philippe a rougi. J'ai failli regretter d'avoir provoqué cette rencontre ; il avait vraiment l'air d'aller mal. Mais oncle André est psychologue, il a fait semblant de rien et a attendu que Philippe se calme.

— Tu sais, a-t-il dit doucement, il n'y a pas de mal à te sentir bouleversé. Je suis passé par là, je sais ce que c'est.

— Et vous vous en êtes sorti ? a soudain

demandé Philippe. Vous arrivez à être heureux ?

– Je me sens en tout cas heureux de mes choix et je crois que je vis de manière assez équilibrée, a calmement répondu oncle André.

Philippe nous a observés l'un et l'autre, tour à tour.

– Évidemment, vous, votre famille vous comprenait, acceptait votre différence…

Mon oncle a éclaté d'un bon rire franc.

– Excuse-moi, Philippe ! Je ne me moque pas de toi ! Si tu savais ce que j'ai pu en baver ! À l'époque, l'homosexualité était encore moins bien considérée qu'actuellement et, pour les grands-parents d'Elsa, découvrir que leur fils avait choisi ce camp-là était la pire de toutes les hontes. Ils ont souffert autant que moi ! Pour d'autres raisons, bien entendu. Lors d'une dispute à mon propos, j'ai entendu mon père dire à ma mère qu'il aurait préféré mourir à la guerre plutôt que de donner naissance à un être comme moi. Tu imagines le bonheur !

– Et vous avez fait comment pour en sortir ?

– J'ai ramé. Je suis passé par tous les états, Philippe. Je ne comprenais pas ce qui m'arrivait et, surtout, je ne l'acceptais pas. Mes parents m'ont rejeté d'abord. Ensuite, ils ont décidé de me guérir de ce qu'ils appelaient ma « maladie ». Ma mère m'a emmené consulter plusieurs spécialistes, des psychologues, des psychiatres. Je n'en pouvais plus. J'ai craqué. J'ai cessé étudier correctement, j'ai séché les cours et la situation s'est encore aggravée. Elsa m'a parlé de votre ami Loïc et, honnêtement, je t'avoue que j'ai aussi songé à en finir. Je n'en serais sans doute pas sorti sans l'aide d'une des psychologues chez qui ma mère m'a conduit. La première à m'écouter, à ne pas parler de me guérir, à être simplement là sans me juger ; tu ne peux pas t'imaginer le bien que ça m'a fait ! Elle ne me demandait pas de changer, elle m'aidait à être moi, à m'accepter et à m'assumer dans ma différence.

– Ça existe des gens comme ça ?

– Plus que tu ne le crois, Philippe. Prendre conscience que je n'avais pas à me sentir coupable d'être homosexuel a été une révélation : ce n'était pas une maladie honteuse comme mes parents le croyaient. Ce n'était même pas un choix que j'avais fait consciemment ; c'était un fait que je ne maîtrisais pas, comme être blond ou avoir les yeux bruns. Il fallait que je l'accepte et que j'apprenne à vivre avec lui, même si, dans le monde des autres, j'étais définitivement minoritaire.

Au fur et à mesure de la conversation, je remarquais que Philippe se détendait. Il se laissait aller dans le fauteuil et, à un moment, il a même réussi à sourire. Ils ont parlé longtemps encore, visiblement étrangers à ma présence. À un moment, j'ai toussoté, leur ai dit qu'il vaudrait peut-être mieux que je les laisse seuls mais, à l'instant où je me levais discrètement pour quitter la pièce, Philippe m'a retenue par la main en murmurant :

— Reste, Elsa, reste. Sans toi, je n'en serais pas là, sans toi, je serais dans le noir. Tu es un cadeau dans ma vie, Elsa, un véritable cadeau. Je t'aime.

2

C'est la première fois qu'un garçon m'adresse cette phrase avec autant d'amour. En toute gratuité, sans rien espérer de ma présence auprès de lui. Les mots que l'on prononce sont souvent tellement vides de vie; ils deviennent des habitudes, des slogans, des déclarations sans fondement. Ici, non. Je me retourne vers Philippe avec des larmes dans les yeux. Pendant quelques secondes, les anges passent dans la pièce où nous sommes installés tous les trois. Mon oncle sourit, me saisit la main, murmure:

– Il est chouette, ton copain.

J'acquiesce. Philippe est vraiment le type de garçon avec qui j'aimerais sortir: sensible et attentif à l'autre, nuancé et ne craignant pas de dévoiler sa fragilité. J'ai remarqué ses qualités depuis longtemps et c'est pour ça que je l'ai « agressé » à la soirée organisée à l'école. Mais, manque de bol, Elsa: ton tendre est homosexuel et il ne veut pas de toi. Ton tendre qui, en déclarant qu'il t'aime, te fait frissonner tout entière ne te serrera sans doute jamais contre lui lors d'une folle rencontre amoureuse. Mais il est ton ami ; c'est déjà pas mal, non ?

Mon oncle André se lève et tend la main à Philippe.

– Tu n'es pas tout seul, mon grand. Tu le vois bien. Je suis heureux de te connaître. Appelle-moi quand tu en as envie, sans même passer par Elsa. Voici ma carte.

Philippe sourit. Il est visiblement très soulagé d'avoir pu s'exprimer sans se sentir condamné. Mon oncle nous quitte et nous restons tous les deux dans le salon de mes parents à nous regarder sans prononcer un mot. J'ai envie d'aller me blottir dans ses bras, de lui avouer combien sa déclaration m'a touchée. Il m'adresse une grimace gentille :

– Eh, Elsa, tu as l'air d'avoir le cœur ébouriffé ! murmure-t-il.

– Tu parles ! dis-je. Pourquoi le mec que je trouve le plus génial du monde est-il homosexuel ? Tu sais quoi ? J'ai envie d'être un garçon pour sortir avec toi…

Il rit. J'aime le voir décontracté. Depuis le suicide de Loïc, ce n'est plus souvent le cas.

– Au moins, avec toi, tout devient plus cool. Je me sens tellement bien accepté que je n'ai plus honte d'être qui je suis.

– Tu as vu que mon oncle assume bien son homosexualité. Ça te rassure ?

– Beaucoup. À force de voir des reportages sur des bars hard ou sur des sidéens, à force d'entendre les homos mal considérés par les autres, pendant un moment, j'ai cru que mon avenir était là et, cela, je ne le supportais pas. Il n'est pas écrit « homo » sur le front de ton oncle Personne ne se retournerait sur lui et je trouve ça rassurant. Il vit sa sexualité comme il l'entend sans annoncer la couleur de façon outrageuse.

— Ce n'est pas pour ça que c'est facile. À son boulot, il n'en parle pas. Ses collègues le charrient : un bel homme comme lui demeurer célibataire ! Il répond que chacun est libre de ses choix.

— Au moins, il ne leur fait pas croire qu'il cherche la femme idéale !

— Non. Il laisse mourir la conversation, c'est tout. Il sait qu'il vaut mieux ne pas affirmer son homosexualité devant certains de ses collègues, mais il ne veut pas s'inventer une autre vie non plus. Une espèce d'équilibre, quoi, mais je peux te dire que ce n'est pas facile tous les jours.

Philippe soupire et me demande :

— Franchement, Elsa, pourquoi ça m'est tombé dessus ?

— Tu aurais pu naître avec d'autres différences encore, Philippe. Avec la bosse des maths dans un milieu d'artistes, avec une créativité débordante dans une famille où tu ne pourrais pas l'exprimer... En arrivant sur Terre, nous recevons chacun un paquet cadeau et c'est à nous de le faire fructifier et de le développer le mieux possible.

— Facile à dire quand on est considéré comme

«normal», Elsa.

– En quoi suis-je plus normale que toi? Je suis unique, je ne ressemble à personne d'autre. Comme toi. Comme oncle André. Comme Loïc. Comme Réginald. Comme ton père ou ta mère. C'est la société qui crée des cases. Pour simplifier peut-être, pour mieux nous diriger, pour survivre. Et puis, crois-tu que ma beauté est toujours si facile à vivre? Tu n'imagines pas comme un garçon peut se révéler con quand il se croit rejeté par la nana qu'il convoite.

– Et ce sont les cases où sont rassemblés les plus forts qui écrasent les autres, n'est-ce pas?

– Malheureusement, ça a toujours fonctionné de cette manière, non?

3

C'est étrange. Aujourd'hui, j'ai presque envie d'affirmer que je suis heureuse que Philippe soit homosexuel. Je n'ai encore jamais vécu une pareille amitié avec un garçon. Rien d'ambigu, pas de tentative de séduction, pas de faux-semblants, pas de regards insistants et brûlants. Nous pouvons aborder tous les sujets en partageant nos opinions, en nous écoutant, en nous respectant. Ça fait trois semaines qu'oncle André et lui se sont rencontrés, trois semaines que je vis une grande paix de l'âme et du cœur.

J'ai un ami, un véritable ami. Philippe et moi sommes devenus inséparables. Ça fait jaser. Réginald tire la tête; il refuse de croire que nous ne sortons pas ensemble mais, en revanche, il pense que Philippe lui a raconté une blague en lui avouant son homosexualité. Heureusement, Réginald s'est montré correct et n'a parlé de rien à personne. Les autres nous balancent des réflexions du genre « Elle est pleine la lune de miel ? » ou encore « Alors, Elsa, tu tentes de battre ton record de longévité dans le couple ? ». J'en passe et de moins bonnes. On dirait que nous avons tous un besoin maladif d'apposer des étiquettes sur les autres, de les classer, de nous rassurer en les réduisant à une formule, à une image.

Réginald préfère ne pas croire à l'homosexualité de Philippe parce que celle-ci lui fait peur. Ainsi, nous considère-t-on, Philippe et moi, comme le nouveau couple sympa parce que c'est plus facile que d'imaginer autre chose. Ainsi, sa mère est-elle soulagée depuis qu'elle sait que Philippe et moi nous nous voyons régulièrement parce que ça lui permet de croire que son fils n'est peut-être pas aussi malade qu'elle l'a cru. Je pourrais poursuivre… mais tout ça est tellement débile. Est-il vraiment impossible d'accepter les gens comme ils sont ? Tant qu'ils ne causent aucun tort à autrui, tant qu'ils ne commettent aucun crime, n'ont-ils pas le droit de vivre sans devoir subir des jugements à tout instant ?

Toi, tu n'es pas bien parce que tu n'as pas de travail, toi, parce que tes vêtements ne sont plus à la mode, toi parce que tes parents sont divorcés, toi parce que tu sors avec la nana qui m'a regardé de haut, toi parce que tu viens d'Afrique, toi parce que tu n'as pas la même religion que moi, toi parce que tu ne possèdes pas de playstation, toi, toi, toi, toi, eh merde ! Ne pouvons-nous donc pas nous contenter de qui nous sommes et cesser d'envier ou de condamner les autres ? Pour Philippe et pour moi, il serait tellement plus simple qu'on n'invente aucune histoire à notre propos. J'imagine d'ici le jour où je sortirai avec un mec et que quelqu'un nous surprendra ! Je deviendrai une trompeuse et, si l'on voit que Philippe et moi, nous ne nous éloignons pas pour autant, qu'inventera-t-on encore ? Un couple à trois ou une autre folie du genre…

Quand je m'énerve ainsi, j'amuse mon oncle. Lui, il en a connu des vertes et des pas mûres et, au fil des ans, il a appris à relativiser la gravité de certains faits. Il me répète souvent que l'important est de ne pas se créer une armure, de ne pas s'enfermer dans le déni parce qu'alors on s'assèche, on ne se laisse plus nourrir par la beauté du monde. Il m'a raconté combien il avait agi ainsi en prenant conscience de son homosexualité ; pendant deux ans au moins, il s'est rebellé contre tous. Il était homosexuel, et alors ? Il s'est battu contre les autres, contre les préjugés, il a refusé les blagues assassines et les réflexions ambiguës jusqu'au moment où il a compris qu'il ne modifierait en rien la vision que les autres avaient de lui, que celle-ci leur appartenait et qu'en se battant, il s'épuisait en pure perte. Il s'est ensuite enfermé dans son homosexualité comme on s'enferme dans un donjon, mais la solitude lui a appris qu'en refusant de participer au monde, il s'éloignait de la vie. Je me souviens encore de sa phrase : « Il m'a fallu atteindre trente ans pour trouver une paix intérieure, Elsa, pour m'accepter tel que j'étais sans me préoccuper outre mesure du

regard des autres. Je crois que devenir adulte,
c'est ça.»

4

Certains affirment que je suis assez mûre pour mon âge. C'est à oncle André que je le dois. Si je devais additionner les heures que nous avons déjà passées à discuter ensemble, je crois que j'atteindrais un chiffre digne du livre des records. Nous parlons de tout, sans tabou. André, j'ai vraiment confiance en lui ; il est le seul adulte à qui je n'hésite pas à raconter mes peines de cœur et mes secrets.

Cette complicité entre lui et moi énerve mes parents. Je crois même que mon père s'inquiète qu'André « me mette de mauvaises idées en tête ». Même s'il a l'esprit ouvert, l'homosexualité n'est pas la tasse de thé de mon doux papa. Il accepte difficilement la différence d'André ; ils ont pourtant d'excellents rapports d'amitié, mais papa est sans cesse sur la défensive lorsqu'on aborde le sujet. Si je lui racontais que, pendant les dernières vacances, Véra et moi, nous nous sommes embrassées pour voir l'effet que ça faisait, je suis sûre qu'il piquerait une jolie crise. Peut-être même qu'il affirmerait que c'est de la faute d'André !

André est le frère cadet de ma mère. Ils sont assez proches, mais il m'a confié qu'elle ne l'avait guère soutenu lorsque la révélation de son homosexualité a explosé comme une bombe au cœur de la famille. Mes grands-parents étaient outrés, honteux, terriblement en colère ; au début, ma mère a pris leur parti et a tourné le dos à André. Plus tard, elle lui a expliqué qu'elle avait agi ainsi à cause de ses copains : elle a rejeté André pour qu'ils ne la rejettent pas elle. Être la sœur ou le frère d'un homosexuel, ce n'est pas toujours évident non plus, surtout dans le milieu fermé d'une classe. Ceux qui n'osaient pas faire de réflexions à André de peur de ramasser une correction (André n'a jamais été manchot et il n'a pas peur de se battre) retombaient sur ma mère. Elle s'est défendue en se moquant de lui avec ses copains. Plus tard, elle lui a avoué qu'elle avait agi ainsi parce qu'elle lui en voulait de lui causer autant de problèmes.

Comme elle, mes grands-parents ont fini par accepter l'homosexualité d'André. Ma grand-mère avait imaginé les scénarios les plus horribles : l'homosexualité conduirait André à l'alcool, à la drogue, au décrochage social, au suicide ou au meurtre. À dix-huit ans, épuisé de les entendre geindre, André les a quittés. « Il fallait que je mette une distance entre eux et moi, Elsa. Il fallait que je vive en dehors de leur miroir déformant. Je ne sais pas trop comment j'ai tenu le coup ; le travail, la volonté de me prouver que je pouvais être heureux, mon caractère persévérant m'ont permis de réussir. J'ai exercé mille métiers, j'ai vécu mon homosexualité sans contrainte, dangereusement parfois en fréquentant des bars très hards et en refusant de prendre conscience des risques que je courais ; cinq ans plus tard, quand je suis revenu vers mes parents, j'avais fait le tour de moi-même et j'avais la force de ne plus me laisser influencer par leurs remarques. Eux aussi avaient évolué : mon absence leur avait permis de relativiser les choses et de se rendre compte qu'envers et contre tout, ils m'aimaient. »

Une belle histoire somme toute. Mais oncle André n'est pas un doux rêveur et il m'en a raconté de bien plus tristes. Il a rencontré des homos qui ont fui dans la drogue et l'alcool, d'autres qui ont coupé nettes les amarres de la vie en se suicidant comme Loïc. « Ce qui m'a sauvé, Elsa, c'est le dialogue. J'ai intuitivement compris que je ne pouvais pas demeurer seul avec mes difficultés, qu'il fallait que je reste ouvert au monde. C'est mon appétit de vivre qui, en me conduisant vers les autres, m'a tiré de tous les mauvais pas. » Et, même s'il demeure discret à ce propos, je sais qu'il a connu des moments difficiles ; ma mère y a fait allusion, un soir que nous dînions avec mes grands-parents.

– C'est lui qui l'a choisi, non ? a répondu mon grand-père sur un ton bourru.

– Non, Papa, a répondu ma mère, on ne choisit pas d'être homosexuel. D'abord, on le subit et parfois, comme André, on finit par l'accepter et par bien vivre avec.

– Tu ne l'as pas toujours défendu comme ce soir, ma petite Anne-Lise, a soupiré ma grand-mère. Je suis heureuse de voir que tu as changé d'avis.

– Nous sommes deux, Maman. Ce n'est déjà pas si mal…

– Ton père grogne, mais tu sais bien qu'il n'est pas un mauvais bougre. Lui aussi comprend mieux André maintenant.

Grand-mère réussit toujours à arrondir les angles. C'est pour ça que je l'aime bien. Elle a posé la main sur celle de mon grand-père et a murmuré :

– C'est vrai, Alphonse, la petite a raison. Personne ne choisirait de souffrir autant qu'a souffert notre André. Et tu sais, aujourd'hui, je m'en veux encore de n'avoir pas compris plus tôt ce qu'il vivait à l'intérieur. Nous aurions pu l'aider bien mieux que nous ne l'avons fait.

Mon grand-père a bougonné dans sa barbe. Grand-mère a eu un petit rire et s'est tournée vers moi :

– L'as-tu compris, Elsa chérie ? Ça veut dire qu'il sait que j'ai raison, mais qu'il préfère ne pas le reconnaître !

Tout le monde a ri. Sacrée grand-mère, va !

5

À l'école, on a finalement appris la raison du suicide de Loïc ; ses parents sont venus trouver le directeur. Pour guérir de leur désespoir, ils tentent de comprendre le geste fatal de leur fils, ils voudraient savoir si quelqu'un a pris conscience de ce qu'eux n'ont pas vu. Ils désirent enfin que nous sachions tous pourquoi Loïc est mort ; c'est pour eux une façon de le reconnaître et de lui dire au revoir.

Le directeur est venu nous trouver en classe et nous a parlé de la lettre laissée par Loïc. Personne n'a osé une réflexion ; quelques élèves mis à part, aucun d'entre nous n'était au courant de son homosexualité. Pendant que le directeur parlait, la tension était à son comble dans le groupe. Du coin de l'œil, j'observais Philippe. Il s'était pris la tête entre les mains et ne pipait mot. Devant lui, Réginald et Raphaël semblaient tout aussi bouleversés. Comme nous tous d'ailleurs. Le directeur a abordé le sujet avec beaucoup de tact et de finesse ; il nous a fait part de la terrible douleur des parents de Loïc, puis, visiblement ému, il a ajouté que nous devions penser avec tendresse à notre ami disparu et que, quelle que soit notre opinion sur ce qu'il avait vécu, il était important que nous respections son souvenir et que, connaissant maintenant la raison de son suicide, nous ayons pour lui des pensées remplies d'amour. « Peut-être celles-ci l'atteindront-elles, a t-il conclu. Personne n'a la preuve qu'il n'y a rien de l'autre côté de la vie. »

Quand il a quitté la classe, notre émotion contenue a explosé et le prof a eu des difficultés à ramener le silence. Il a compris qu'il ne pourrait plus donner son cours et il a cru bon de nous demander d'exprimer notre avis sur ce que nous venions de vivre. Une idée maladroite ; nous étions encore sous le choc et notre réaction a frisé le délire. Tout le monde voulait parler en même temps. Mais, le bonhomme a de l'autorité et, une nouvelle fois, il a obtenu un certain calme. Chacun s'est exprimé à tour de rôle. J'aurais préféré ne pas être là. J'aurais entendu moins de conneries.

Géraldine : « Loïc, une tapette, tu imagines et on n'a jamais rien deviné ! » Vincent : « C'est dégueulasse, c'est anti-naturel, un homme, c'est fait pour pénétrer une femme, pas pour sodomiser un homme. Je suis dégoûté. » Lucien : « Un homme avec un homme, moi, je ne peux pas imaginer ça non plus. T'as raison ! » Roxanne : « Et si tu apprends que ton frère ou que ton père est homo, que feras-tu, patate ? » Lucien : « Je quitterai la maison. C'est la honte ! » Youssef :

« Ouais, dégueulasse. C'est contre toutes les lois de la nature ! » Véronique : « Et, Loïc, vous pensez un instant à lui ? Qu'est-ce qu'il a dû être malheureux au fond de lui sans que nous ne nous en doutions ? » « Malheureux de se faire enculer, ouais ! » a lancé Jean-François.

Le prof a donné un violent coup du plat de la main sur son bureau.

– Ce que tu viens de dire là est scandaleux, Jean-François. Je te rappelle que Loïc s'est suicidé.

L'autre a rougi et a baissé la tête. Un calme lourd de menaces est tombé sur la classe. J'ai regardé Philippe. Il avait les yeux fixés sur moi ; deux fines larmes coulaient le long de ses joues. Je lui ai souri, un bien pâle sourire sans doute. Toujours tourné vers Jean-François, le prof a repris la parole :

– Il est facile de se moquer des autres quand on ne vit pas ce qu'ils éprouvent. Il est facile de se montrer ignoble, mais bien plus compliqué d'avoir un peu de compassion.

Jean-François a levé les yeux et a dit sourdement :

– On peut compatir à un malheur, mais pédé, c'est lui qui a choisi de l'être, non ?

Je suis intervenue. Il m'énervait vraiment trop.

– Parce que tu crois que ça se choisit ? Si tu avais le choix, tu serais homo plutôt qu'hétéro alors que tu sais toutes les difficultés que ça représente ?

Il a haussé les épaules.

– Pourquoi il est devenu homosexuel alors ?
À cause de l'éducation que lui ont donnée ses
parents ? À cause d'un dérèglement hormonal ?
Vas-y, Elsa, toi qui sais tout, explique-nous !

6

Heureusement que j'avais déjà abordé le sujet avec oncle André! Je savais quoi répondre à Jean-François. Je l'ai regardé dans les yeux et j'ai dit:

— Et toi, pourrais-tu m'expliquer pourquoi tu as choisi d'être hétéro?

Pendant quelques secondes, il est resté bouche bée. Ensuite, il a eu un mauvais sourire et m'a déclaré:

— Mais moi, je suis normal, Elsa. Ce n'est que lorsqu'on est malade qu'on cherche pourquoi ça ne va pas.

— L'homosexualité n'est pas considérée comme une maladie par les personnes qui tentent de mieux la comprendre Pourquoi un homo serait-il moins normal qu'un hétéro? Si tu affirmes ça, tu peux aussi dire qu'un Jaune est plus normal qu'un Noir ou qu'un Blanc et bonjour les théories racistes. Si tu parles comme ça, les minorités n'ont plus le droit d'exister, Jean-François.

Avec Jean-François, on n'en a jamais fini. Il est un des meilleurs de la classe en dissertation et la valse des arguments, il connaît. J'avais à peine terminé ma phrase qu'il m'a lancé :

— Donc, Elsa, si je te comprends bien, les meurtriers et les violeurs, par exemple, font partie d'une minorité qu'il faut tenter de comprendre et qu'il faut accepter.

Cette fois, dans le groupe, le silence régnait. Chacun suivait notre match avec intérêt. Qui d'Elsa-la-Splendide ou de Jean-François-le-Frimeur allait gagner ? Appuyé contre le mur, les bras croisés sur la poitrine, le prof nous écoutait avec un demi-sourire au coin des lèvres.

— Tu me comprends mal, Jean-François. Un meurtrier cause du tort aux autres ; il n'a rien à voir avec les homosexuels.

— Et les pédophiles alors ? Tu crois qu'ils sont parfaits ?

À cette seconde-là, j'ai su que j'avais gagné le débat. Dans son rejet de l'homosexualité, Jean-François confondait tout. Je lui ai lancé mon plus beau sourire avant de lui répondre :

— La pédophilie et l'homosexualité n'ont rien en commun. Je suppose que tu sais que les pédophiles, hommes et femmes, s'attaquent autant aux petites filles qu'aux petits garçons. Les homosexuels n'agressent personne ; ils vivent entre eux des relations librement consenties.

Philippe m'a applaudie et d'autres se sont joints à lui. Jean-François a haussé les épaules et a ronchonné :

— De toute façon, cette manière de vivre sa sexualité est dégueulasse. La nature a créé l'homme et la femme pour qu'ils perpétuent la race humaine. On en reparlera le jour où un couple d'homos pourra avoir des enfants.

– Et pourquoi ne pourrait-il pas en avoir ? est intervenue Roxanne. Ils peuvent en adopter.

– Le délire ! a crié Rachid. Tu t'imagines avec une mère homme ou un père femme, toi ? ! Méga géant pour ton équilibre psychologique !

– Okay, c'est pas l'idéal, mais ça vaut en tout cas mieux que d'avoir des parents qui se disputent tout le temps ou une mère seule et dépressive, par exemple.

– L'important, a ajouté Aurélie, c'est l'amour que tu reçois. Pourquoi un couple d'homos ou de lesbiennes ne pourrait pas aimer un enfant ?

– C'est trop débile ! a rétorqué Rachid. J'entends déjà tout ce que les copains diraient de moi si j'étais dans un cas pareil.

– Pourquoi devez-vous sans cesse agir en fonction du regard que les autres posent sur vous ? est intervenu le prof. Vous ne pensez pas qu'il serait bon que chacun vive sa vie sans se demander ce qu'autrui va en penser. Quelle que soit l'action que vous fassiez, quel que soit le choix que vous posiez, il y aura toujours quelqu'un pour en penser du mal. Soyez honnêtes, respectez celles et ceux qui vous entourent et faites de votre existence un bouquet de bonheur !

– Ainsi, a dit David, tout devient plus facile.

– Évidemment, a ajouté Philippe, mais on

aime compliquer, on aime se créer des problèmes. Il paraît que ça fait le sel de la vie, non ?

À cet instant, la sonnerie a retenti.

– Bien, allez-y, a lancé le prof. J'espère que cet échange d'idées vous aura permis de nuancer les vôtres. Comme Monsieur le directeur vous l'a demandé, ayez une pensée tendre pour Loïc. S'il avait osé parler de ce qu'il vivait, il serait peut-être encore parmi nous. Personne n'est coupable de son suicide, mais chacun, et j'en suis, est responsable du climat d'ouverture qu'il crée autour de lui. En ce qui concerne Loïc, je crois franchement que nous ne nous sommes pas montrés assez accueillants.

– Mais nous ne savions pas,... a déclaré Naïma.

– C'est vrai, a répondu le prof, mais n'empêche. Sans certaines réflexions, sans certaines attitudes, Loïc aurait peut-être osé s'exprimer devant nous.

7

Après l'école, Philippe m'a accompagnée chez moi et nous avons passé la soirée ensemble. L'intervention du directeur l'avait bouleversé. Le débat qui a suivi aussi.

– Tu imagines ce que je ressentais, m'a-t-il avoué, j'avais l'impression de brûler de l'intérieur. J'imaginais que le dirlo allait se tourner vers moi, tendre le doigt et dire : « Et vous, Philippe, pouvez-vous expliquer à vos camarades comment vous vivez votre homosexualité ? » Ensuite, pendant le débat, j'ai failli sauter sur Jean-François pour le faire taire. J'étais si triste d'entendre tout ça, Elsa, si triste.

Nous avons parlé longtemps et c'est ma mère qui nous a fait prendre conscience du temps qui avait passé. Elle a invité Philippe à dîner avec nous et il a accepté. Jusqu'à présent, seuls deux de mes petits-amis étaient restés manger avec nous et, dans la tête de ma mère, Philippe était le troisième sur la liste. Dans la cuisine, elle m'avait chuchoté « Il est tout doux, tout tendre, celui-là ! Tu as bien choisi, ma puce ! » J'ai souri sans lui répondre : que pouvais-je faire d'autre ? Lui annoncer tout de go que Philippe était homosexuel ? Ça n'aurait pas été respectueux de lui. Il serait toujours temps pour qu'elle l'apprenne.

Oncle André m'a conseillé de laisser Philippe suivre son rythme, de ne pas le pousser à dévoiler son homosexualité à tout prix. Il lui avait fallu des années pour accepter son identité, pour l'assumer vraiment, pour oser la sortir du placard et la vivre sereinement aux yeux de ses proches. Durant son adolescence, il était aussi perdu que Philippe, ne sachant pas où se situer. Il m'a assuré que c'était tout à fait normal et que je ne devais pas chercher à accélérer une évolution qui se ferait naturellement. Moi, je voudrais que Philippe aille bien, qu'il soit heureux : je le trouve tellement craquant.

Après le repas, nous sommes montés dans ma chambre et j'ai bien vu que mon père adressait un clin d'œil malicieux à ma mère. Pendant que mes parents imaginaient sans doute de torrides enlacements, nous étions installés confortablement et nous discutions tranquillement. J'étais couchée sur mon lit et Philippe était assis par terre, le dos appuyé à ma garde-robe. Il avait retrouvé son calme et je lui ai parlé de ma conversation avec oncle André.

– Qu'il soit hétéro ou homo, un ado se cherche et ce n'est qu'adulte qu'il trouve véritablement ses marques. Pour les homosexuels, c'est d'autant plus compliqué parce qu'ils sont minoritaires dans notre société. En plus du travail de construction intérieure, ils doivent faire le deuil de l'hétérosexualité et ce n'est pas facile. Dans l'univers hétéro qui les entoure, ils doivent trouver la force de s'affirmer homos, de s'afficher différents. André m'a raconté le temps qu'il lui avait fallu pour sortir du placard : il a calculé les risques que ça représentait. Ce n'est pas la peine de dévoiler ton homosexualité si tu sais que tu vis dans un univers totalement hostile, mais, en même temps, il faut pouvoir exprimer qui tu es vraiment. Il faut trouver un équilibre. Ceux qui dissimulent farouchement leur différence sexuelle se font du mal à eux-mêmes. Ceux qui l'affichent effrontément aussi parce qu'ils ne tiennent pas compte de la difficulté qu'ont les hétéros de les accepter tels qu'ils sont vraiment.

- Si je te suis bien, Elsa, je vais ramer... Et ma mère va encore longtemps me demander si je ne vais pas mieux, culpabiliser parce qu'elle se demande en quoi elle m'a mal éduqué, persuadée que si elle et mon père n'avaient pas commis d'erreur, je ne serais pas devenu homo. Et si elle met mon père au courant, j'imagine sans difficulté la tempête qui se soulèvera en lui !

– Tu sais, oncle André a vécu la même chose. Mes grands-parents l'ont tanné sur le sujet et, aujourd'hui, mon grand-père n'a pas encore vraiment assimilé la différence sexuelle de son fils. Ce n'est la faute de personne si l'on devient homo : ni la tienne, ni celle de tes parents. Oncle

André m'a dit qu'on n'avait pas encore d'explication qui tienne. Trop de facteurs entrent en jeu. La manière d'agir d'un parent peut amener un enfant à fonctionner d'une façon et son frère ou sa sœur à faire exactement le contraire. Il n'y a pas de règles pour devenir homo, Philippe. C'est le fruit de multiples facteurs qu'on ne maîtrise pas et, si le savoir n'arrange pas ton affaire, ça a au moins le mérite de tout relativiser.

Nous avons été interrompus par ma mère qui frappait à la porte de ma chambre Elle a semblé surprise de nous trouver en train de discuter tranquillement.

— Ta maman vient de téléphoner, Philippe. Elle se demandait où tu étais. Vous savez l'heure qu'il est ?

Vingt-deux heures dix ! Je n'en revenais pas. Nous étions tellement bien ensemble que nous n'avons pas vu le temps passer. Philippe s'est levé, m'a fait un bisou sur la joue, a tendu la main à ma mère et est parti. Pendant qu'il descendait l'escalier, ma mère m'a jeté un coup d'œil : de gros points d'interrogations s'affichaient dans ses pupilles. Ça m'a drôlement amusée.

8

Le prof de français remet ça. Ce jeudi matin, il nous file un sujet de dissertation qui en fait hurler plus d'un : « L'homosexualité est un élément de la vie parmi tant d'autres. » L'année passée, avec monsieur Bonheur[5], ça se serait déroulé différemment. Il se serait montré bien plus discret, lui ! Et ce n'est pas pour ça qu'il aurait été moins présent !

– M'sieur, que voulez-vous qu'on raconte là-dessus ? crie Youssef.

– C'est débile comme thème ! lance Vincent. Encore pire que si vous nous demandiez de disserter sur la vie sexuelle des babouins !

– J'espère que tu n'établis aucun rapport entre les babouins et les homosexuels, intervient Philippe d'une voix dure.

Vincent hausse les épaules.

– Mais non, marsouin, j'ai dit ça sans réfléchir.

– Il vaudrait parfois mieux que tu utilises ton cerveau, dis-je à mon tour.

_____

5. Voir le roman *Monsieur Bonheur*, du même auteur dans la même collection.

– Oh, toi, Elsa, viens pas défendre ton chéri ! On sait que chacune de ses paroles est pour toi une perle à admirer.

Le prof nous rappelle à l'ordre et, finalement, nous nous mettons au travail en bougonnant. Un véritable sujet en or pour moi ! Mes longues discussions sur l'homosexualité avec oncle André et avec Philippe me fournissent de la matière pour écrire. Ça ne semble pas le cas de tout le monde : Réginald mordille le bout de son stylo en regardant le plafond, Raphaël, les yeux perdus dans le vide, ne paraît rien avoir à dire, Rachid dessine des ronds sur une feuille de brouillon. Seuls quelques-uns ont la tête penchée sur leur travail et avancent. Pourtant, ceux qui ne sont pas d'accord avec la phrase n'ont qu'à expliquer pourquoi. Il leur suffit de démontrer que l'homosexualité n'est pas un élément de la vie parmi tant d'autres et de trouver quelques arguments pour étayer leur opinion. Mais comme d'habitude, il est plus facile de rejeter les choses sans se demander pourquoi. Ils se satisfont de quelques arguments de surface, répétés par tout le monde et souvent sans fondement réel. C'est une attitude plus confortable, mais elle n'aide pas à s'épanouir.

Philippe, lui, est lancé. Il écrit sans relever la tête. J'aime bien observer mes copains pendant qu'ils travaillent. Chacun laisse mieux transparaître qui il est vraiment. Mais il faut que je me reprenne si je veux achever mon texte dans les temps. « L'homosexualité est un élément de la vie parmi tant d'autres. » Rien ne me paraît plus juste que cette phrase. Je me demande pourquoi on oublie tous les autres aspects d'une personne lorsqu'on apprend qu'elle est homosexuelle. On ne retient que ça. On oublie que la personne est intelligente, qu'elle est belle ou moche, qu'elle a un travail où elle excelle, qu'elle adore la musique ou qu'elle est sportive, qu'elle parle trois langues, qu'elle aime les plats épicés et les danses orientales, qu'elle a de superbes yeux bleus, qu'elle aide les malheureux ou qu'elle est égoïste, on oublie tout et on retient un fait : cette femme ou cet homme est homosexuel.

Jamais on n'agit ainsi avec les hétéros. Eux peuvent tranquillement vanter leurs qualités, développer leurs défauts sans porter sur leurs épaules le poids de leur appartenance sexuelle à un groupe. C'est injuste. L'homosexualité fait-elle tellement peur pour réduire ainsi le regard de la plupart d'entre nous ? Est-ce à cause du sida que cette attitude est exacerbée ? Pourtant, chacun sait que le sida touche aussi bien les hétéros que les homos. Ne devrait-on pas craindre davantage les extrémistes de tous bords que les homosexuels ? Ces gens-là représentent réellement un danger pour la société alors que les homosexuels ne causent de tort à personne. Souvent, l'extrémiste dirige toutes ses énergies vers la destruction de celui qui ne lui ressemble pas. L'homosexuel ne demande qu'à pouvoir vivre son existence en aimant et en se laissant aimer.

Cette fois, c'est parti. Je noircis ma feuille à folle allure. J'espère que le prof sera content et que nos travaux aboutiront à un vivifiant échange d'idées. Du coin de l'œil, je vois que Philippe est tout aussi actif que moi. Ça me fait plaisir ; j'espère qu'il ose dire ce qu'il pense et qu'il le développe bien.

Quand retentit la sonnerie, j'ai même eu le temps de me relire. Je suis contente de moi et je m'apprête à rejoindre Philippe. Il vient de remettre sa feuille au prof et il sort de la classe sans m'attendre. Je ne comprends pas. Que se passe-t-il ?

9

– Elsa, je ne sais pas ce qui m'a pris. Je n'ai écrit que des conneries. Je me dégoûte.

C'est fou ! Philippe a pleuré dans mes bras et il est là, assis à côté de moi sur son lit, la tête appuyée contre mon épaule. Chaque fois qu'un garçon s'est approché si près de moi, il n'a pas fallu dix secondes pour qu'il me pelote les seins. Je ne dis pas que je suis contre, mais, souvent, c'est trop rapide et plus d'une fois je me suis sentie malmenée intérieurement. Et la tendresse, bordel ? ! Philippe, lui, déborde de tendresse et c'est elle qui me donne envie qu'il aille plus loin. Inutile de rêver, inutile de le provoquer et de le soumettre à un plus gros stress.

– T'es extra, Elsa. T'es la sœur que je n'ai pas... Personne ne m'a jamais écouté comme toi.

Il est encore sous le coup de l'émotion. Tout à l'heure, il m'a littéralement fuie. Je suis rentrée à la maison, la tête embouteillée de questions incroyables. Une heure après, je n'en pouvais plus et je lui ai téléphoné. Sa mère m'a dit qu'il s'était enfermé dans sa chambre et qu'il ne voulait parler à personne. Elle a été jusqu'à me demander si nous nous étions disputés tous les deux ! Ah qu'elle serait heureuse si son fils vivait de terribles scènes de ménage avec une fille ! Finalement, je me suis rendue chez lui. Quand il a entendu que j'étais là, il a ouvert, m'a laissée entrer et a refermé la porte sous les yeux de sa mère médusée. Ensuite, il a mis de la musique. « Elle serait encore capable de vouloir tout entendre ! » a-t-il murmuré en faisant un signe de tête vers la porte. Il est venu vers moi et a éclaté en sanglots dans mes bras.

Tout ça à cause de sa dissert. Moi qui croyais que le sujet proposé par le prof permettrait à Philippe de s'exprimer enfin. C'est tout le contraire que ça a provoqué. Philippe a écrit un texte homophobe à mourir, expliquant que l'homosexualité ne pouvait pas être un élément de la vie parmi tant d'autres parce qu'elle était en farouche opposition avec les normes de la société, ajoutant qu'il vaudrait mieux que, comme un cancer, l'homosexualité ronge en profondeur les êtres qui en sont atteints et qu'il est urgent que chacun d'eux entame une thérapie pour tenter de guérir cette déviance pernicieuse. Et il a conclu que, puisque l'homosexualité s'oppose à la vie, elle ne peut pas en constituer un élément.

– J'ai honte, Elsa, j'ai honte. Je ne sais pas ce qui m'a pris d'écrire ces saloperies. Une rage est montée en moi, une révolte contre mon état que les autres rejettent avec tellement de hargne. Les mots sont sortis comme la lave d'un volcan en furie, je n'étais plus capable de m'arrêter. Tu imagines la surprise du prof quand il va lire ça ! Lui qui me croit nuancé dans mes propos.

Nous sommes assis sur son lit et nous nous tenons la main. Que pourrais-je dire qui le console ? Tous les mots auxquels je pense me semblent vains. Lui expliquer que ce qu'il vient de vivre n'est pas étonnant, que, comme oncle André me l'a expliqué, il passera souvent par des hauts et par des bas, rejetant celui qu'il est et y croyant ensuite de façon démesurée, hésitant, pendant des années, à s'accepter simplement, à se dire qu'il n'est qu'une seule et même personne, son homosexualité ne le divisant pas en deux, mais lui apportant une couleur, un ton que les autres n'auront jamais, disant que... Mais non, Philippe ne pourrait rien entendre de tout cela pour l'instant ; il est encore trop choqué par ce qu'il vient de vivre.

Il me lâche la main, se lève, marche vers son bureau, soupire un grand coup.

— Purée, c'est dur à gérer tout ça. Je comprends que Loïc en ait eu ras le bol.

— Tu crois que ce qu'il a fait lui a apporté une solution ?

— Non, au contraire. En se suicidant, il a gâché toutes les chances qu'il avait de s'en sortir. Et si, comme l'a dit le directeur, il y a quelque chose après la vie, si Loïc peut prendre conscience de son geste, il doit drôlement le regretter.

– Et toi, Philippe, que penses-tu faire maintenant ?

– Vivre, Elsa, vivre et voir où me mènent les vents.

Quand je l'ai quitté, Philippe avait retrouvé son calme. Sa mère m'a rattrapée dans le hall et m'a demandé sur un ton anxieux :

– Alors, il va mieux, il va mieux ?

J'ai souri, c'est tout. Je n'ai vraiment rien trouvé à lui dire. Elle m'a prise dans ses bras et m'a serrée contre elle. J'ai senti toute sa détresse de mère frissonner contre mon corps. Oui, Philippe allait mieux, mais pour combien de temps ?

10

– C'est le travail que tu fais sur toi qui compte, celui qui te transforme de l'intérieur : lui seul te permet de prendre conscience de qui tu es et de t'accepter tel quel.

Oncle André a l'art de prononcer des phrases d'anthologie. Il nous a invités à manger une crème glacée, Philippe et moi. Nous achevons de déguster de délicieuses dames blanches. Jeudi soir, en rentrant de chez Philippe, j'étais complètement perdue. J'ai téléphoné à oncle André pour lui demander de l'aide.

– Si on se voyait tous les trois, Elsa ? Je vous paie une glace. Tu crois que ton ami sera d'accord ?

Et voilà. Une fois de plus, André a été super. J'ai remarqué que Philippe était content de le revoir.

– Vous me rassurez, lui a-t-il déclaré, vous êtes la preuve qu'on peut être homosexuel et serein.

Oncle André a ri.

– Heureusement, je ne suis pas le seul, Philippe ! Il en existe des tas comme moi.

Philippe a raconté l'épisode de la dissertation et André a pu prononcer les mots que je n'avais pas osé dire. Philippe l'a écouté attentivement, a soupiré :

— Là vous m'annoncez que je risque de vivre des hauts et des bas pendant plusieurs années.

— Comme tout le monde, Philippe. Les hétéros aussi se cherchent. Pour nous, c'est juste un peu plus dur parce que nous sommes minoritaires et qu'il n'est pas facile d'accepter ça.

— J'ai quand même une bonne nouvelle, a murmuré Philippe. Ceux qui nous rejettent finissent parfois par nous comprendre.

— Que veux-tu dire ? ai-je demandé, intriguée par ses mots.

— Eh bien, Réginald, il m'a téléphoné ce matin. Il m'a dit que la dissertation et les discussions avec sa mère l'avaient fait réfléchir. Il s'est excusé pour son attitude envers moi. «Quand on est l'ami de quelqu'un, on fait passer l'amitié avant tout et je m'en veux de l'avoir oublié. Je me suis montré agressif avec toi parce que j'avais peur.» a-t-il conclu. J'ai pleuré de joie. Ça me faisait tant de peine d'avoir perdu son amitié.

— Génial, a dit mon oncle. Tu vois qu'il y a de l'espoir. La différence oblige les autres à se poser des questions et à s'ouvrir l'esprit. Des réflexions comme celle de ton ami apaisent, n'est-ce pas ?

— Vraiment, mais elles ne résolvent pas tout.

À quel âge vous êtes-vous senti bien dans votre peau ?

– Vers trente ans. C'est à ce moment-là que j'ai vraiment accepté mon identité sexuelle de l'intérieur, que j'ai compris que, malgré les rôles que je remplissais dans la société, j'étais toujours la même personne, que j'ai cessé de voir le monde en fonction de mon homosexualité et que j'ai compris que celle-ci était un élément de la vie parmi tant d'autres comme la phrase de ton prof l'affirme. Dans mon boulot, je ne suis pas homo, je fais simplement mon boulot. Quand j'achète une voiture, je ne suis pas homo, j'achète une voiture. Quand j'ai une relation d'amour avec un partenaire, là j'assume mon homosexualité, ce n'est pas plus difficile que cela.

– Et ça marche... a commencé Philippe en toussotant.

– Quoi ? a demandé oncle André.

- Ben, de faire l'amour avec un homme... Je n'ai encore jamais essayé...

– Chaque chose en son temps, Philippe. Tu le feras lorsque tu te sentiras prêt. Et, quand tu fais l'amour avec un homme, ça fonctionne de la même manière que lorsque tu fais l'amour avec la personne que tu aimes. Les sentiments que tu éprouves se transforment en baisers, en caresses, comme un homme le vit avec la femme qu'il aime, comme une femme le vit avec l'homme qu'elle aime, comme deux femmes le vivent ensemble quand elles s'aiment, comme moi avec mes amis.

– Cela paraît si simple lorsque vous en parlez. Pourquoi l'homosexualité soulève-t-elle tant de rejet alors ? Pourquoi, dans certains pays, met-on les homos en prison ?

– Parce que beaucoup de gens jugent avant de tenter de comprendre, parce qu'il est plus simple de classer les choses de la vie en mauvaises et en bonnes actions, parce que les différences font peur, Philippe, parce qu'on considère les autres avec sa tête au lieu de les accepter avec son cœur. Et les homos ne sont pas les seuls à faire les frais de cette attitude : les réfugiés politiques, les immigrés, les pauvres, les handicapés et j'en passe. On en veut même parfois à ceux qui réussissent trop bien ; on tente de trouver de mauvaises raisons à leur succès.

Philippe a souri et a dit :

– C'est parce que nous sommes différents que nous nous posons toutes ces questions, n'est-ce pas ? Au fond, c'est une richesse. Ceux qui n'ont pas de difficultés peuvent se contenter de vivre leur existence sans réfléchir.

– En quelque sorte, oui. Si tu peux les accepter, les difficultés t'amènent toujours à grandir. Si je n'avais pas été confronté à la découverte de mon homosexualité, je serais certainement moins riche intérieurement. Le travail que mon homosexualité m'a obligé de faire sur moi m'a appris à devenir plus humain. Mais parfois les difficultés t'écrasent ; regarde ce qui est arrivé à votre ami Loïc.

Philippe a pris la main de mon oncle et l'a

serrée dans la sienne.

– Vous êtes un chouette type, a-t-il dit, vous m'aidez beaucoup. Je vous remercie.

– Accepte ce que t'offre la vie, a répondu André, et, même si ce n'est pas toujours facile, va où ton cœur te mène.

Table